愛されたがる男

樹生かなめ

white heart

講談社X文庫

目次

イラストレーション／奈良千春《ならちはる》

愛されたがる男

満開の桜が咲き誇っていた桐蔭義塾《とういんぎじゅく》大学の入学式、生まれる前から知り合いだった滝沢《たきざわ》明人《あきと》と室生邦衛《むろおくにえ》はそうであることが当然のように肩を並べていた。

明人の隣にはいつも邦衛がいるし、邦衛の隣にはいつも明人がいる。二人を『セット商品』と呼んだのは、所属していたバスケットボール部の部長だ。

中等部から大学までエスカレーター式の桐蔭義塾に通っている明人に、大学入学に関する特別な思いはこれといってない。しいてあるとすれば、これを機会に家を出て、邦衛と一緒に暮らしはじめたことくらいだ。

旧大名華族である室生家十八代目として生まれ育っている邦衛は、世が世ならお殿様だ。縦のものを横にもしないいし、縦のものを斜めにもしない。当初の予想を遥《はる》かに上回るお殿様ぶりに、一般庶民代表の明人は途方に暮れたもののすぐに諦《あきら》めた。ドアの開閉を自分でするだけマシだ。

昨日は片づかない荷物と慣れない家事に奮闘していたせいかとても眠く、生あくびが何度も出る。

「眠い」

「そろそろ終わる」

明人にとって眠いだけだった入学式がやっと終わった。

二人ともタイプの違う美男子であるし、百八十を超す長身なのでやたらと目立つ。決して人の山に埋《うず》もれることはない。そこだけ流れている空気が違うようだった。

明人の顔立ちはどちらかといえば女顔で、濡《ぬ》れたような目が印象的だ。寂しそうな雰囲気が漂っているが女々しくも弱々しくもない。身長は百八十一センチ、全体的にほっそりとしているように見えるが、きちんと筋肉はついている。タヌキのような父親ではなく、美人と評判の母親に似たゆえのルックスだった。

明人一人ならば、秀麗な明人の容姿に視線が集中するだろう。しかし、明人の存在は隣にいる邦衛のせいで霞《かす》んでいた。邦衛には他を圧倒する華があるのだ。

近寄りがたい怜悧《れいり》な美貌《びぼう》に釘付《くぎづ》けになっている女学生が多かった。

邦衛の身長は百八十八センチ、肩幅は広いし、腰の位置がとても高い。長身のわりに顔は小さく、最高のバランスを保っていた。左右対称の切れ長の目からどこか貴族的な鼻梁《びりょう》は人工的なものかと疑われるほど整っている。事実、モデルやタレントにスカウトされたことは一度や二度ではない。そういったことにはまったく興味がなく、しつこいスカウトマンにはこれ以上ないというくらいきっぱりと断っていた。本人はバスケットボール部に所属し、点取り屋として活躍していた爽《さわ》やかなスポーツマンである。

顔立ちがやたらと濃く、甘さや優しさの欠片《かけら》もない男が、明人と邦衛の目の前を通りかかる。明人や邦衛と同じく一年生だ。

邦衛は野性的な男に声をかけた。

「君、僕とつき合おう」

「……は?」

邦衛に告白された男の顔が派手に崩れた。

明人は頭をハンマーでカチ割られた気分だ。目の前も頭の中も真っ白になっている。

ただ一人、邦衛が淡々としていた。

「僕、君なら男でもいい」

邦衛に愛を告げられた男は、口をポカンと開けたままだ。

「………………」

「名前は?」

やっとのことで男は自分を取り戻したらしく、邦衛に低い声で凄《すご》んだ。

「ふざけるな」

男のあまりの迫力を目の当《まあ》たりにして、明人も我に返る。今にも隠し持っていた凶器が飛びだしそうだ。身長は明人と邦衛の間だが、服の上からでも鍛え上げられた体格は一目でわかる。

「僕がいや?」

邦衛に怯《ひる》んだ様子はない。

「当たり前だろう」

「そうか、残念だな」

邦衛が目を細めると、男は肩の力を抜いた。先ほどまでのヤクザじみたムードは影を潜める。

「ホモか？」

「わからない。でも、君ならいいと思ったんだ」

邦衛が冗談を言う男でないことは明人が誰より知っている。長いつき合いだが邦衛にそういう趣味があるとは知らなかった。

桐蔭義塾は中等部から高等部までは女子部と男子部に分かれているので、男子校と変わらない。それでも、邦衛は女子部の生徒からプレゼント付きの告白をしょっちゅう受けていた。だが、すべて『忙しいから』で断っていた。当時はバスケに熱中していたのだ。

邦衛は今まで男を口説いたことは一度もない。いや、女にも自分から言い寄ったことはない。それ以前、邦衛の隣にいたのはいつも明人だ。明人以外、邦衛は友人らしい友人もいない。作ろうとした様子もなかった。

どういうわけか無性に胸が痛い。苦しくてたまらなかった。

この時、明人は初めて自分の気持ちに気づいた。

幼馴染《おさななじ》みとして好きなのではない。親友として好きなのではない。そういう意味で好きなのだと。

「俺はそっちの趣味はない」

「わかった。で、名前は？」

邦衛が名前を尋ねると男はあっさりと名乗った。

「平野立良《ひらのたつよし》」

「大学からだね」

桐蔭義塾大学に一浪や二浪は珍しくなく、血の滲《にじ》むような努力をして入学した学生が多かった。

また、全国各地から秀才が入学してくる。明人は立良のイントネーションの違いに気づいていた。本人も注意しているようだが微妙に違う。

「もしかして、中上《なかあ》がりか？」

男子学生にしろ女子学生にしろ、中等部から大学まで上がってきた学生はとてもお洒落《しゃれ》だった。どこか良家の子女と子息という雰囲気も漂っているのだ。

「そう」

「そっちも？」

立良から視線を流された明人は返事をした。

「うん」

「都会ではこういうのが普通なのか？」

立良の質問の意味が理解できない明人は、目を見開きながら聞き返した。

「え？　何が？」

「俺は新潟《にいがた》から出てきたばかりで東京のことはまったくわからない。こっちは初対面で堂々と男が男を口説くのか？　ホモは普通なのか？」

立良の質問以上に、出身地に驚いた。地方出身だと予想はしていたが、雪国出身だとは夢にも思っていなかったからだ。

「新潟なのか？　沖縄《おきなわ》じゃなくて？」

この言葉を言ったのは明人だけではなかった。たまたま、そばですべてを聞いていたらしい桜田《さくらだ》雅紀《まさき》も明人とほぼ同時に言ったのだ。

いかにも遊んでいます、というような風情《ふぜい》が漂っている雅紀と明人は目を合わせた。一瞬にして芽生えた同志愛だろうか、どちらからともなく、お互いがお互いの肩を軽く叩《たた》きながら笑う。

「……え？　あぁ、新潟だ」

立良は照れくさそうに頭を掻《か》いている。自分でもよくわからないが、明人は親近感を持ってしまった。立良の浅黒い肌を指で指す。

「スキーで焼けたのか？」

「地黒だ」

「そうか」

「ああ……その、こっちに来たら電車がいっぱいあるし、車両もたくさんあるから驚いた。俺はそれくらい田舎モンなんだ」

東京生まれ東京育ちの明人は立良の語る田舎が想像できない。

「車両？」

「俺のところの電車は一時間に一、二本、車両は二つ、冬になったらドアは手動だ」

「どうして冬になったら手動なんだ？」

明人は季節で手動に切り替わる電車がわからない。

「寒いから」

「寒いっていっても手動になったら大変じゃないか？」

明人は手で電車のドアを開ける真似《まね》をしながら、さらに尋ねた。

「冬になると電車に乗る人が少なくなるんだよ。えっと、それで、ホモはこちらでは普通なのか？　いくら東京でも違うよな？」

どうやら、立良は信じられないほど純朴な男らしい。慣れない都会に戸惑っているという気配も感じられた。

明人が答える前に、悪戯《いたずら》っ子《こ》のような笑顔を浮かべている雅紀が口を開いた。

「東京にはホモがうじゃうじゃいるから気をつけろ」

立良の凜々《りり》しく整った顔が真っ青になったのはいうまでもない。

邦衛と明人のセット商品に新潟出身の生真面目《きまじめ》な立良、サバけている雅紀、気がつくと四人で行動するようになっていた。

アンモナイトの化石のような教授による、将来なんの役に立つのかよくわからない講義が、やっと終わった。本日の講義はこれで終わりだ。

今までならば、いくつものバイトを掛け持ちしている雅紀《まさき》は、挨拶《あいさつ》もそこそこに教室を飛びだしていた。それなのに、今日、雅紀は携帯をチェックすると大きな溜め息《いき》をつくだけで、立ち上がろうともしない。忌々《いまいま》しそうに長めの髪の毛を掻《か》き上《あ》げる様はどこぞのホストだ。

雅紀の外見は派手で軽薄そうに見えるが、中身はまったく違う。服もブランドとノーブランドを上手《うま》く組み合わせて今風に着こなしていた。黒のニットも下に着崩している襟付きの白いシャツもノーブランドで、デニムパンツはアバクロンビー&フィッチ、個性的なバックルのベルトとチェーンはD&G、靴はノーブランドのスニーカーだ。

ちなみに、ブランドと縁のないのが明人《あきと》と立良《たつよし》であり、全身ブランドで揃《そろ》えているのが邦衛《くにえ》だった。本日の邦衛は上から下までD&Gだ。

隣で寝ている立良を起こすのは後、明人は悲愴感《ひそうかん》が漂っている雅紀に言葉を向けた。

「雅紀、今日もバイトだろ?」

「ああ……ファミレスのバイトがあるんだ」

「果歩《かほ》ちゃんも?」

果歩という名前を明人が口にした途端、雅紀の顔に陰が走った。

果歩とは、雅紀と同じファミリーレストランでバイトしている清楚《せいそ》な美女だ。今は雅紀の彼女でもある。ただ、果歩には問題がいろいろとありすぎた。

果歩とお揃いのペアリングが雅紀の左手の薬指で輝いている。アクセサリー類に詳しくない明人でも、その指輪が雅紀の趣味でないことぐらい聞かなくてもわかった。

「そう」

明人は講義中に切っていた携帯の電源をなんの気なしに入れた。すると、メールが届いている。メールアドレスを教えていない果歩からだ。

「雅紀、俺のところにも果歩ちゃんからメールが届いている」

「えっ？　なんて？」

「バイトに遅刻しないように雅紀くんに言ってくれ、だってさ」

メールを読む明人の口調は少し上擦っている。雅紀は顔を恐怖で歪《ゆが》ませながら、髪の毛を掻《か》き毟《むし》った。

「うわっ……」

「なんか、雅紀が出たら何時に出たかメールをくれって」

雅紀がタレント、果歩がマネージャー、そう言っても過言ではないほど雅紀は果歩に束縛されていた。もうこれも病気の一種だろう。雅紀の果歩に対する気持ちはとっくに冷めているが別れられない。別れ話をした途端、果歩は手首を切ったという。雅紀が外見と同じように軽めの男だったならば、果歩の異常に気づいた時点で別れていたに違いない。

雅紀の携帯の着信音が鳴り響いている。もちろん、雅紀の携帯を派手に鳴らしているのは果歩だ。

雅紀は我関せずで淡々としている邦衛の頭を軽く殴った。

「雅紀……」

「人のせいにするのは俺の主義じゃないが、こればかりはお前に文句を言う。いや、言わずにはおれん」

雅紀は鳴り続ける携帯の着信音を無視して、邦衛の頬《ほお》も固く握った拳《こぶし》で殴った。

明人は雅紀の暴力を止める気はない。殴って気が晴れるならいくらでも殴ってくれ、という気分だ。いや、明人も二、三発殴りたくなってくる。

「痛い」

「痛いぐらいなんだ」

雅紀はサバサバしているし、裏表もなく、本当に気のいい男だった。

友人の想い人《おもびと》にはどんなに焦がれていても手を出さないし、友人の彼女にも決して手を出さないし、元彼女であっても手を出さない。雅紀は今時、珍しいほど律儀《りちぎ》できっちりと仁義を切っていた。雅紀は邦衛の友人だったゆえに、その確固たる仁義に自ら反することになったようなものだ。現在、邦衛から直接押しつけられたわけではないが、押しつけられたような状態の果歩に雅紀は振り回されている。

果歩は惚《ほ》れっぽくて飽きやすい邦衛の彼女のひとりだったが、ひどい捨てられ方をしたせいか性格がガラリと変わってしまった。

「そんなに果歩がいやなら別れればいいだろう」

「別れたくても別れられないんだよ。いくら俺でも自分ちの前で果歩に首吊《くびつ》り自殺《じさつ》されるのはいやだな」

雅紀から聞く果歩ならばそれぐらいやってのけそうだ。明人は否定できなかったが、邦衛は苦笑を漏らしていた。

「そんなこと……」

「果歩ならやる。絶対にやる。やらないほうがおかしい。あいつのリストカットの跡、一度でいいから見てみろっ」

雅紀と果歩は恋人としてつき合ってから日は短い。が、雅紀はすでに何通もの遺書を果歩から受け取っている。遺書の内容だけ見れば果歩の自殺の原因は不実な雅紀だ。

「僕はゾウが見たい」

今現在、邦衛のハマっているものはゾウだった。そろそろゾウに飽きると、明人は踏んでいる。

「邦衛、今、お前の見たいものを聞いているんじゃない」

「ん……？」

「果歩に流された俺も悪かったが、お前だ、お前、全部お前のせいだとは言わないがほぼお前が悪い」

今までに邦衛に対して明人が何度も思ったことを雅紀が叫んだ。明人は雅紀に同情せずにはいられない。

大学に進学した途端、爽《さわ》やかなスポーツマンはどこにいったのか、邦衛の病気としか言いようがない女関係及び男関係に、明人は人知れず泣いた。邦衛の不条理ぶりにもさんざん耐えた。耐えて耐えて耐え続けて、ひたすら耐え続けている。

邦衛の友人になった雅紀と立良も無事ではすまなかった。

大学三年生の秋現在、立良と雅紀はそれぞれの恋人で悩んでいる。二人の恋人は邦衛から回されたようなものだ。

立良など男の恋人ができてしまった。こちらは明人や雅紀からしてみれば贅沢《ぜいたく》な悩みだ。

大学院進学を希望している立良はどんな講義でも真面目《まじめ》にノートをとっていた。でも、今ではノートをとるどころか起きていることすら危うくなっている。講義が終わったことにも気づかずに机に突っ伏したままだ。すべて邦衛から回された同性の恋人との夜が原因であった。邦衛が一目惚《ひとめぼ》れした絶世の麗人は絶倫だったのだ。

「雅紀、このところおかしい」

いけしゃあしゃあと言う邦衛に、雅紀の目の下のクマが濃くなった。

「お前は出会った時からおかしい」

「僕のどこがおかしい？」

邦衛は自分が常軌を逸している男だとは思っていない。

「そんなの、全部だっ」

「僕はおかしくない。おかしいのは雅紀だ」

これ以上ないというくらい雅紀の目が据わった。雅紀が背負っていた幽鬼が暴れだしたせいか、周囲の空気がガラリと変わった。

「どこが？」

「果歩がいやなら別れればいい。好きでもないのにつき合うのは彼女に失礼だ」

邦衛には他人には窺《うかが》い知《し》れない邦衛の主義がある。

「何言ってるんだ。俺が言ったことを聞いていなかったのか？」

「ちゃんと聞いている」

明人と邦衛の会話もループしたが、雅紀と邦衛の果歩に関する会話もループする。止めないといつまでも続くだろう。

「おい、そろそろ……」

明人が雅紀の肩を叩《たた》いた時、しつこく鳴り響いていた雅紀の携帯の着信音がようやく止まった。すぐに、明人の携帯の着信音が鳴りはじめる。

明人と雅紀は顔を見合わせると、同時に果歩の名前を呼んだ。

「俺、出ないぞ」

明人は果歩が鳴らしている自分の携帯を無視する。雅紀は天を仰ぎながら苦しそうな声で詫《わ》びた。

「悪い」

明人に雅紀を責める気は毛頭ない。

「いや……」

「そもそも、お前らなんだよな」

仏頂面《ぶっちょうづら》の雅紀から指で指されて、明人は逃れるように視線を逸《そ》らした。

「雅紀、それはもう……」

「ホモ以上のホモだったくせにさっさとホモらなかったお前らにも問題がある」

邦衛に対する明人の気持ちは雅紀だけでなく、朴訥《ぼくとつ》な立良にも気づかれていた。見ているほうが辛《つら》いと二人から言われたものだ。

「だからさ……」

「邦衛に振り回されて泣け」

明人は邦衛への恋心を自覚した時から充分すぎるほど苦しんでいる。不条理なお殿様を想《おも》い続ける限り、切ない日々が続くだろう。達観しているわけではないが、半分以上諦《あきら》めてもいた。

「雅紀、そろそろ出ないと遅刻するんじゃないか?」

「あぁ」

「ま、なんとかなるさ」

明人が雅紀の肩を宥《なだ》めるように抱いた時、淡々としている邦衛がいつもの口調で文句を言った。

「明人、雅紀に触るな」

こういうことは今までに何度もあったが、明人は呆《あき》れ果《は》てるしかない。明人は喉《のど》の奥で笑っている雅紀の肩を一度叩いた後、離れた。

「あのな」

「僕以外の奴に触るな」

不条理極まりない男の独占欲は半端《はんぱ》ではなかった。相手が男であれ女であれ、単なる友人であれ知人であれ、邦衛は妬《や》く。自分が彼女とデートしている最中でも、明人が他の者と時を過ごしたら烈火のごとく怒るのだ。雅紀は反論するだろうが、邦衛に比べたら果歩の束縛なんて可愛《かわい》く思えてしまう。邦衛の不条理は半端ではない。

「とりあえず、出よう」

明人は立ち上がると、軽い寝息を立てている立良の背中を優しく摩《さす》った。

「立良、起きろ」

「ん……」

返事らしき声はあったが、立良は机に突っ伏したままだ。明人は立良の肩を盛大に揺さぶった。

「講義終わったぞ。お前もバイトじゃないのか？」

「智史《ともふみ》さん、眠らせてください」

どんな夢を見ているのか、立良の口から恋人の名前が出た。ほぼ同じタイミングで明人と雅紀は吹きだす。

明人は目を細めながら立良の身体《からだ》を思い切り揺らした。

「立良、俺だ、起きろ」

「智史さん、今晩はこれで寝ましょう。また明日……」

立良は夢の中でも恋人に求められているようだ。おそらく、毎夜、こういったことが繰り返されている。

立良はしごくノーマルな男だったし、本人の生真面目《きまじめ》な性格のせいか、色恋沙汰《いろこいざた》には今まで一度も縁がなかった。本来ならば絶世の麗人といえども、同性とつき合うような男ではない。しかし、年上の恋人がいやならばすぐに別れていたはずだ。立良も同性の恋人に夢中なのだ。そんな自分に戸惑っているフシもあった。

明人にしてみれば、同性との関係に苦悩している立良が微笑《ほほえ》ましくも羨《うらや》ましい。

「立良、火事だぞ、起きろっ」

「智史さん、そんなところを握らないでください」

立良の声音は苦しそうだった。

夢の中で恋人にどこを握られているのだろう。十中八九、男の子の一番大事なところに違いない。

嬉《うれ》しいだろう、と明人は罵《ののし》りたくなる。

「立良、おいていくぞ」

明人と雅紀が目を合わせながら笑った時、邦衛が立良の後頭部に固く握った拳を振り下ろした。凄《すさ》まじい音がする。

立良は低い呻《うめ》き声《ごえ》を出した。

「明人、立良に触るな」

邦衛はトレードマークとなっているポーカーフェイスで、立良の頭を再度殴った。

「お前な……」

もう慣れてはいるが、邦衛の独占欲には呆れ果てた。雅紀も唇の端を少し歪《ゆが》めただけで何も言わない。

「痛……」

さすがに立良も目を覚ます。

「立良、講義終わったぞ」

「ああ……」

邦衛の鉄拳《てっけん》に対して、立良の文句はない。

四人は教室を出ると、枯れ葉が舞っているキャンパスを歩いた。春には満開の桜とさまざまな花、初夏には目に眩《まぶ》しいぐらい青々と茂っている新緑、紅葉が終わりかけのキャンパスは少々寂しい。とても風がきつく、冬の到来を感じた。

掲示板で休講のチェックをする。

寒くなると休講が多くなる、と先輩から聞いていた老教授の講義が休講になっている。

明人は思わず手を一回叩いてしまった。

「あ、やっぱり東山《ひがしやま》教授のあの噂《うわさ》は本当だったんだ」

「テストでなんでも書いておけば通るっていうのも本当かな」

「本当だったらいいな」

「とりあえず、なんでも書けだ」

邦衛一人でも他を圧倒するというのに、他の三人も長身のうえにそれぞれタイプの違う男前なので女性の視線が集中する。

どこでも話題に上るのが邦衛だ。派手な女性関係を小声で話し合っている女子学生がいた。

校門を出た瞬間、明人と雅紀は固まった。果歩が立っていたからだ。

「雅紀くん、どうして携帯に出ないの?」

果歩の髪の毛はカラーリングもパーマもかけていないセミロングで、ベージュのカーディガンに紺色のスカート、アクセサリーは雅紀とのペアリングだけ、控えめでおとなしそうに見える清楚《せいそ》な美女だ。果歩のような女性を嫌う日本人男性はまずいないだろう。ゆえに、邦衛も一目で気に入り、その場で口説き、速攻で落とした。別れを告げることすらせずに捨てたけれども。

「タイミング」

雅紀の口調は優しかったが、果歩とは目を合わせようともしない。明人に向いている双眸《そうぼう》には、隠しきれない怒りがあった。必死になって自分を静めている。ここで怒っても逆効果だとよくわかっているのだ。

今にも泣きだしそうな雰囲気の果歩の詰問《きつもん》は続いた。

「タイミングって、着信を見たら私から電話があったってわかるでしょう。どうして電話をくれないの?」

「そんな時間がなかったんだよ」

「一分あればできるじゃない。携帯を見せて」

果歩は雅紀の携帯をチェックしないと気がすまないらしい。雅紀は舌打ちをしたが、果歩に自分の携帯を渡した。

「お前以外の奴からはメールも届いていていない」

「知らない番号の着信があるわ」

果歩のチェックはなかなか厳しかった。

「ワンギリだ」

「怪しいものね」

「いい加減にしてくれないか？」

怒気を含んだ雅紀の言葉に果歩は怯《おび》えたが、終わりにはしなかった。

「雅紀くん、この携帯以外に持っていないわね？」

「持ってねぇよ」

「明人くん、雅紀くんの携帯はこれだけ？」

果歩は雅紀の別の携帯の存在を危惧《きぐ》している。何台もの携帯を使い分ける男女がいる昨今なので当然の懸念《けねん》かもしれない。

探るような目の果歩から尋ねられた明人は、努めて優しい口調で答えた。

「そうだよ」

「本当に？」

「ああ、嘘《うそ》だと思うんなら俺の携帯を見ろよ。雅紀の携帯のナンバーはこれだけだ」

果歩だけではなく、誰に携帯を調べられても構わない。

明人の捨て身とも言える申し出に雅紀は躊躇《ためら》ったが、果歩は違った。白い手を伸ばして、明人に携帯を求める。

明人の携帯を調べた後、果歩は小さな声で礼を言った。しかし、これで終わったわけではない。

「じゃあ、雅紀くん、今日は誰とお昼を食べたの？」

果歩は雅紀が自分以外の女と食事をすることをいやがる。お茶を一緒に飲むのも許せないらしい。

明人に対する邦衛と同じだ。

「俺と邦衛と立良、いつものメンバーだ」

「今日、女の子と喋《しゃべ》った？」

果歩は雅紀が自分以外の女と喋ることすらいやがる。四人のメンバーの中で一番社交的で交友関係が広いのが雅紀だ。当然ながら女友達も多い。

人を騙《だま》すのは嫌いだが、正直に話すことが騒動の元になることがある。明人は雅紀と果歩のために作り笑いを浮かべながら嘘をついた。

「いや……」

「本当に？」

「女が少ない経済学部だぜ。俺だって女と一言も喋っていない。いや、食堂のおばちゃんに『サンマ開き定食お願いします』って喋った。確か、雅紀は『カツ丼《どん》とかけそば』だった」

明人が口にした自分のことは本当である。本日話した異性は食堂で働いている中年女性だけだ。ちなみに、食堂での雅紀のセリフも真実である。彼の昼食はカツ丼とかけそばだった。

「わかったわ」

信じてあげる、という高飛車《たかびしゃ》なムードは果歩に漂っていない。信じている、という悲愴感が漂っている。ついでとばかりに、果歩はこれからのことも言った。

「明人くん、雅紀くんが他の女の子と喋らないか見張っていてね」

果歩の要望を聞いた明人は言葉を失ってしまう。表情も固まってしまった。

「明人くん？　約束してね？」

ここで自分が了解しなければ果歩は納得しない。そう判断した明人は作り笑いを浮かべながら、頷《うなず》いた。

「わかった」

雅紀は腕時計で時間を確かめると、果歩の肩を抱いた。

「バイト、遅刻する」

「ええ、じゃあ……」

果歩は邦衛をチラリとも見なかった。おそらく、意識して邦衛の姿を排除しているのだろう。

二人の姿が小さくなっていく。

「雅紀も大変だな」

明人が独り言のように呟《つぶや》くと立良が頷いた。

「ああ……」

「邦衛って罪作りな男だな」

誰からも羨ましがられる邦衛のような男から情熱的に口説かれ、至福の時間を過ごした後、いらなくなったものとして捨てられる。

邦衛によって性格が変わった女性は果歩だけではない。明人が知っているだけで十人以上いる。

邦衛に愛想《あいそ》をつかして自分から去っていったかつての恋人たちはまだ幸運だ。もっとも、邦衛をフったことを後悔している女性も多いと風の噂で聞いているけれども。

「そうだな」

立良は苦笑を漏らしながら邦衛に視線を流した。

無口な邦衛は明人の隣で黙ったままだ。その視線の先には今が旬のアイドルのように可愛い女性がいた。

明人は邦衛の目を見ればわかる。今の邦衛は獲物である可愛い女性を狙《ねら》うハンターだ。

これまで明人は、邦衛が目の前で誰を口説いても無言で耐えていた。

だが、もう、耐えるだけの日々など冗談ではない。耐えて耐えて耐え続けて、途方もない邦衛に耐えられなくなって一度ブチ切れたらそれまで、なんていう空《むな》しい結末を迎えたくはない。

もともと、明人は気が弱いわけでもおとなしいわけでもないのだ。気が弱くておとなしい男がおとなしくしているのは楽かもしれない。でも、気が強くておとなしくもない男がおとなしくしているのは苦痛以外の何物でもない。第一、懸命に耐えても肝心の邦衛に明人の心はまったく伝わっていないのだから。

「邦衛っ」

妬く時は妬く、明人は邦衛の背中に飛《と》び蹴《げ》りを決めた。

コートで自由自在に動き回っていたエース時代の名残か、転倒したりせずに踏《ふ》み止《とど》まっている。

「明人……」

「どうして俺が怒っているかわかるな？」

道徳感も倫理観も常識もないが、丸っきりの馬鹿《ばか》というわけでもない。明人から食《く》らった飛び蹴りの理由はわかっている。なお、こういうことは今までに何度もあった。

「……………」

「わからないのか？」

「……………」

「お前には俺がいるだろう」

「ああ……」

「俺とあの人、どっちを選ぶんだ？」

明人は自分が選ばれると信じて高飛車に言い放った。自分を選ばなかったら殴り飛ばしてでも選ばせる。

「明人」

明人を選んだ邦衛に迷いはない。

「なら、俺以外は駄目だ」

望んでいた言葉を邦衛の口から聞いた明人の緊張が解けた。全身から力が抜けていく。

「僕は誰がいても何があっても君が好きだ」

「邦衛、俺以外は許さない」

明人も自分がどれだけ邦衛に想われているのか、いやというほど知っている。が、あまりにも身勝手なのだ。いや、身勝手なんて簡単なものではないかもしれない。

「………」

「いいな」

「うん……」

「よし、行くぞ」

これまでとはうってかわった明人の態度に立良は驚いていた。だが、立良は強い明人に密《ひそ》かに喜んでいるのがわかった。

邦衛にしろ独占欲を見せられるのも嬉しいらしい。

明人は開き直っていた。

「明人くんじゃない。あ、邦衛くんも一緒ね」

あろうことか、邦衛のターゲットである可愛い彼女が手を振りながら近づいてきた。そこで、明人は思い出す。確か、邦衛の十八番目の彼女だった理子《りこ》だ。

「あ、理子ちゃん？」

「そう、元気？　相変わらずラブラブなのね」

理子は大学付近のマンションに住んでいる売れないタレントだ。以前もここらへんで理子を見かけ、一目惚《ひとめぼ》れした邦衛が速攻で口説いた。そして、理子は落ちた。その日のうちに邦衛は理子の身体もきっちりと手に入れている。が、結局、三日で終わった。翌々日のデートに明人を連れていったからだ。

あの日、明人の簡潔な紹介を終えた邦衛に、綺麗《きれい》に着飾っていた理子は目を吊《つ》り上《あ》げながら怒鳴った。

『ねぇ、今日は私とデートするんでしょう？　それもお泊まりの日でしょう？　どうしてその明人くんていうお友達を連れてきたのっ？』

邦衛と理子は有名な外資系の高級ホテルのスイートルームで、一夜を過ごすことになっていた。

明人は逃げようとしたが、邦衛に腕を摑《つか》まれているので逃げられない。

『こいつは目が離せないんだ』

『はぁ？　明人くん、邦衛くんと同じぐらいに見えるけど？　一人じゃ何をしでかすかわからない子供なの？　それとも誰かに狙われているの？』

『僕がいない間、明人が誰かと仲良くするかもしれない。こいつを一人にできないんだ』

『馬鹿、そんな大切な人がいるんだったら私を口説くんじゃないわよ。明人くんとつき合いなさいっ』

理子に怒られても邦衛は怯《ひる》んだりしない。堂々と言い返した。

『明人とはもうつき合っている。君も好きだ』

『私、あんたみたいな男大嫌いっ。二度と私の前に現れないでーっ』

可憐《かれん》な外見と中身がまったく違うのは明人の母親だけではない。理子はげんこつで邦衛の整った顔を殴った。

理子は清々《すがすが》しいほど男らしく邦衛をフッた女性の一人である。

ストーカーから最も遠いところで生きている邦衛もあっさりと身を引いた。明人は理子から同情されている。彼女は可愛い容姿からは想像できないほど男勝りで、サバサバしていたのだ。

過去に関係があった理子だと気づかずに口説こうとした邦衛に、呆れたりはしない。邦衛とはそういう男なのだ。今でも理子とどんな出会い方をしてどんな別れ方をしたのか、思い出せないだろう。もしかしたら、理子の存在すら綺麗さっぱり忘れていたかもしれない。

「ラブラブって……」

「明人くん、邦衛くんは相変わらずフラフラしてるの？」

「まぁ……」

出会って十分という短時間で落とし、その日のうちに最後まで成し遂げる。そんな早業《はやわざ》で邦衛が手に入れた男女の数は明人が知っているだけで五十五人いた。

最高のルックスに有名私立・桐蔭義塾《とういんぎじゅく》大学の三回生、普段は無口だが口説き文句は惜しまない資産家の跡取り息子、これだけ揃っていれば気位の高いお嬢様も靡《なび》かずにはいられない。

しかし、速攻で手中に収めた恋人にあっという間にフラれることが多い。初めての日以外、どこにでも明人を連れていくのだから当然だ。邦衛が彼女に贈った指輪を投げつけられたことは一度や二度ではない。

ラブホテルまでつき合わされそうになった明人は頭に血が上った。

俺っていったい何?

何度そう思ったかわからない。

「あっちの女、こっちの女?」

女だけじゃない、男もだ。おまけに、下は中学生から上は孫が何人もいる正真正銘のおばあちゃんまで、邦衛の守備範囲は気が遠くなるぐらい広い。が、それはこの場所で理子に言うことではない。

「まぁまぁ……」

「明人くんだったら私の友達を紹介してもいいわ。その気になったらいつでも言ってね」

「ああ……」

「あ、来た。じゃあね」

待ち人来《きた》るか、すぐ近くに青のアウディが停《と》まる。運転席にはサングラスをかけた男がいた。理子は手を振りながら車に乗り込む。デートか、仕事か、詮索《せんさく》する気はまったくない。

明人が理子に向けて振っていた右手を下ろすと邦衛が尋ねてきた。

「明人、あの子知ってるのか？」

「お前の十八番目の彼女だ。三日で終わったけどな。あんまり売れていないっていうタレントの理子ちゃんだ」

理子の説明をしたが邦衛の表情はこれといって変わらない。

「………………」

「お前はやっぱり別れた子のことは忘れているんだな。理子ちゃんには顔をぐーで殴られているっていうのに」

理子に対してなんの思い出もないどころか、その存在すら綺麗さっぱり忘れている。記憶を手繰《たぐ》っている様子もなかった。思い出すつもりもないのかもしれない。邦衛らしいといえば邦衛らしい。

「………………」

「別れた子だって気づかずにまた口説こうとしたんだぞ。病気だってことは知っているがいいかげんにしろよな」

邦衛の父親である室生《むろお》家十七代当主の清衛《きよえ》の女道楽は凄まじい。邦衛の亡《な》き母の祥子《しょうこ》は『病気』だと言っていた。病気とでも思わないとやってられなかったのだ。明人も病気と思わずにはいられない。

「僕以外の奴と仲良くするな」

旗色が悪くなったからといって反撃にでたわけではない。邦衛は自分が悪いなどとまったく思っていないのだ。理子としばし語り合っていた明人を詰《なじ》る。

「ちょっと喋っただけだろう」

「あの子に友達を紹介してもらうなんて許さない」

邦衛に言われるまでもなく、理子に女性を紹介してもらうつもりはまったくない。

「わかってるよ」

終始無言で見守っていた立良が間に入った。

「俺、バイトだからそろそろ行くわ」

「ああ……」

「その前に、邦衛、智史さんにだけは手を出さないでくれ。頼むぞ」

言葉自体はお願いだが、立良の顔つきと口調はヤクザのように迫力があった。年上の恋人に本気なのだ。

絶世の麗人を見初《みそ》めて、その場で落とし、ラブホテルに連れ込んだのは邦衛だった。立良の恋人となった今でも再会したらどうなるかわからない。

立良だけでなく明人も邦衛の色恋沙汰に関する懸念《けねん》は拭《ぬぐ》えなかった。

「わかってる」

ポーカーフェイスで答える邦衛に安心したわけではないだろうが、立良はガラス工場のバイトに向かった。

「邦衛、友達の恋人にだけは手を出すな」

明人にとって立良はとても大事な友人だ。他の者と親しくつき合うといやがる邦衛のせいで、明人には友人らしい友人がこれまでいなかった。立良は貴重な友人でもある。もちろん、雅紀も。

「友達の恋人じゃなきゃいいのか？」

「言葉のあやだ。誰にも手を出すな」

二人は茜色《あかねいろ》に染まった街並みを歩く。邦衛は無言のままこぢんまりとしたスーパーマーケットに入ろうとしたが、明人は持てる力を振り絞って止めた。

「邦衛、今日は外でメシが食いたい」

何も明人は外食がしたいわけではない。邦衛にたくあんづくしの食事をさせたくないのだ。スーパーマーケットで邦衛が買うものは一つに決まっている。間違いなく、買《か》い物籠《ものかご》はたくあんで埋め尽くされるだろう。

邦衛の食生活は異常だった。一度ハマると一日三度そのメニューなのだ。

朝食にたくあん七本、昼食にたくあん七本、夕食にたくあん八本、これが現在の邦衛の食生活である。学校にも昼食用のたくあんを持っていくのだ。たくあんの味が薄くなると言って白米すら食べない。ひたすら、切ってもいないたくあんを食べ続ける。漬物は身体にいいと聞くけれども、ものには限度がある。

コロッケやメロンパンにハマっていた時はまだマシだった。

米国歴代の大統領の名前は羅列できないが、邦衛の偏食の歴史ならば簡単に並べられる。

たくあんの前はピザ、その前はそば、その前はやきとり、その前はラーメン、その前はおでん、その前は焼き肉、その前はブラジル料理、その前はやきそば、その前はハンバーガー、その前はシシカバブ、その前はちゃんこ鍋《なべ》、その前はもんじゃ焼き、その前はしめさば、その前は赤いウインナーソーセージ、いつも突然ハマる。

おまけに、ハマる料理に統一性はない。

そのうえ、ハマリ物に対する情熱と行動力も半端ではない。邦衛は本場のブラジル料理を食べるために、日本の裏側にあるブラジルに行った。当然、明人はブラジル料理の旅につき合っている。

シシカバブ料理の旅は予定されていたが、邦衛の心変わりで土壇場《どたんば》でキャンセルとなった。かの地で飽きなくてよかったというところだ。

「外食は身体によくないって言っていたくせに」

「外でメシを食うぞ……おい、待てっ」

明人は必死になって邦衛の腕にぶら下がった。

邦衛はとても丈夫で明人が知る限り健康を害したことは一度もない。が、たくあんづくしの食生活のせいか、このところ痩《や》せてきたようだ。遠からずたくあんに飽きるとわかっていても、それまでに身体を壊したらおしまいだ。

邦衛の母親のあまりにもあっけない最期《さいご》を目の当《ま》たりにした明人は、少々神経質になってもいた。

「明人、痛い」

痛みを口で訴えてはいるが、邦衛の怜悧《れいり》な美貌《びぼう》と口調に感情はない。

「たくあんは駄目だっ」

「漬物を買うだけだ」

「だから、大根の漬物だろう？　たくあんを食いたいなら食えばいい。けどな、たくあん以外も食え。メシでもパンでもラーメンでもそばでもなんでもいいからたくあん以外のものも食ってくれ」

「たくあんの味が薄くなるからいやだ」

「お前、痩せたぞ」

一見すると邦衛は細く見えるが着痩せするタイプだ。たくあんづくしの日々を送る前は、筋肉量の多い逞《たくま》しい身体を誇っていた。

「そうか？」

邦衛の顔色はまったく変わらなかった。

「俺は細いのよりもちょっと肉がついているほうが好きだ」

明人のタイプはぽっちゃりとしている女性だが、もともと外見にはあまりこだわらない。邦衛がどんな容姿になっても気持ちは変わらない自信がある。しかし、あえて、邦衛のたくあんづくしを阻止するために言う。

「…………」

「それ以上痩せないでくれ」

痩せたら別れる、なんて口にしようものなら邦衛がどうなるかわからない。往来でループ地獄に陥るのはいやだった。

「…………」

「俺、細いのってあんまり好きじゃないんだ」

痩せたら嫌いになるかもしれない、痩せるなよ、と明人がわざわざ口にしなくても邦衛には通じたようだ。綺麗な双眸が曇った。

「………」

「俺の言いたいこと、わかるよな?」

身勝手極まりない主義や主張を繰り返すエゴイストだが、明人の意見を完全に無視することはない。いつもきちんと耳を傾けているし、理解しようと努めてはいる。それは明人も知っていた。

「君と僕に別れはない」

明人に永遠を求める邦衛の口調と態度は尊大だった。お殿様特有のものだ。

「うん、わかってる。俺だってお前と別れるつもりはない」

「ああ、別れない」

「ただ、な? 邦衛には逞しいままでいてほしい。たくあんばかり食っていたら痩せて当然だ」

「………」

「あ、どうして痩せるか、説明しなくてもわかるよな? 大根っていうのは野菜だろ? 野菜だけ、それも大根だけしか食わなかったら痩せるさ」

明人は栄養学に詳しいわけではないが、野菜がどういう食べ物かは大雑把に把握している。実家の母親から食べろとことあるごとに言われている食材だ。身体にはいいとされている野菜だが、ものには限度がある。

「大根をたくさん食べればいいんだな」

「今まで何を聞いていたんだっ」

「たくあんを百本くらい食べれば……」

押す時には押せ、何があっても押せ、押し続けろ、身勝手な男に少しでも怯《ひる》んだら終わりだ。

「俺はあそこでメシが食いたい。お前は俺にあそこで一人でメシを食えっていうのか？　あそこで超イイ男がいて誘われたらどうする？　そんなのいやだろ？　いやなら俺を一人にするな、行くぞっ」

明人は邦衛の腕を摑むと、目と鼻の先にある美味《うま》いと評判のダイニング・カフェに向かって歩きだした。

「明人、無茶苦茶……」

邦衛は聞き分けのない子供のように座り込むことはない。淡々とした口調で文句を言いながら明人に続く。

「お前にだけは言われたくない」

「僕は無茶苦茶じゃない」

「お前がキングオブ無茶苦茶、ああ、この話はここで終わり。入るぞっ」

明人は無理やり話を終わらせると、邦衛の腕を引っ張った。

白を基調にした清潔感の漂っているダイニング・カフェは、大学の近くにあるせいか値段は良心的だ。オーナーは元桐蔭義塾ボーイ、バイトも桐蔭義塾の学生である。店内には桐蔭義塾の学生らしい女性が何人もいた。

「経済学部の室生邦衛くんよ、ほら、めちゃカワの恵美《えみ》の元カレ」

「恵美の元カレってことは、和子《かずこ》の元カレで葉子《ようこ》が好きだった人ね」

「すぐに別れたけど、あの人は唐沢《からさわ》先輩とも畑山《はたけやま》先輩ともつき合っていたわ。かっこいいけど遊び人よね」

各テーブルで邦衛の女性関係が話題に上っている。どういうわけか、こういうところでは、邦衛の男関係は取り沙汰されない。

カウンターには美味《おい》しそうな料理が並んでいる。洋食だけでなく中華、エスニックもあった。

「邦衛、何が食いたい？」

「たくあん」

邦衛に聞くだけ無駄だった。

「ここにはない。俺が注文するからな」

明人はここぞとばかりに何種類もの料理を注文した。

「鍋焼きハンバーグ、タンドリーチキン、エビフライ、ナシゴレン、カリフォルニアロール、生春巻き、アボカドのタルタルサラダ、生ビール二つ」
カウンターで料理と飲み物を注文し、その場で金を払う。それから、番号札と飲み物を載せたトレーを持つと店内の端にあるテーブルについた。

「さ、乾杯しとこう」

明人がビールのジョッキを持つと、邦衛は切れ長の目を細める。軽くジョッキを合わせた。

注文した料理が次々に運ばれてくる。

「邦衛、食えよ」

明人は生春巻をほおばりながら、料理が盛られたいくつもの皿を指す。邦衛はビールのジョッキに手を添えたまま、動かなかった。

「………」

「俺一人じゃこんなに食えない。食えよな」

押して押して押しまくれ、こういう男には強引に押すしかないのだ。

明人の決死の思いが通じたのか、邦衛はアボカドのタルタルサラダを口にした。その後も淡々とした様子で料理を食べる。

「いっぱい食えよ」

明人は食の細い子供を持つ母親になったような気がした。

食事を終えた後、邦衛は吸い込まれるようにスーパーマーケットに入っていく。そして、目にも留まらぬ早業で買い物籠をたくあんで埋め尽くした。明日のたくあんだ。

「お前、チョコレートなんて買うのか？」

明人はたくあんだらけの買い物籠の中に、チョコレートがあったので驚いた。

「ああ」

「お前、チョコレートにハマったのか？」

今までの邦衛からしたら、そうとしか考えられないが、たくあんも続いている。同時に二つのハマリ食べ物はなかったはずだ。

「チョコレートって太るんだよな？」

「……は？」

「痩せた僕はいやなんだろう？」

明人の一言で、邦衛はたいして好きでもない高カロリーのチョコレートに手を伸ばしたのだ。

一瞬、明人は胸が熱くなったが、すぐに気づいた。

チョコレートを食べる必要がどこにある、と。

「ああ、痩せたお前はいやだ。でも、チョコなんて食わなくっても普通にメシを食っていればそんなに痩せないと思うぞ」

「手っ取り早くカロリーが摂《と》れるのがいい」

カロリーはチョコレートで、楽しみはたくあんで、それが邦衛の出した体重減少予防プログラムらしい。そう思い当たった明人は頭が痛くなった。

「どうしてそんな無茶苦茶な」

「どこが無茶苦茶だ？」

心外だったらしく、邦衛の眉《まゆ》が顰《ひそ》められている。

「無茶苦茶だ。ああ、もう、チョコレートじゃなくて、せめてカロリーなんちゃらとかいうブロックとかなんかを食ったらどうだ」

「そんなのがあるのか」

邦衛は一本で二百キロカロリー摂れる栄養ブロックを買った。

二人が住んでいる場所に近づくにつれて、景色が変わっていく。

都会的な駅前や騒然とした大学付近とはまったく雰囲気の違う閑静な住宅街で、デザイナーズ・マンションや高級マンションが立ち並んでいる。大企業の社長宅や芸能人の大邸宅も珍しくない。歩道も広かったし、電灯も洒落《しやれ》ている。散歩している犬も血統書がついている洋犬が多かった。

「あ、マルシェだ」

顔見知りのゴールデンレトリバーが明人に向かって、ちぎれんばかりに尻尾《しっぽ》を振っている。飼い主の中年女性と明人は挨拶を交わした。

住宅街といってもグルメマップでも紹介されているベーカリーやデリがあるし、二十四時間営業のコンビニもある。明人は不便さを感じたことはない。

緑豊かな公園の前に『室生』と表札がかかった一戸建てがある。明人がいれば、邦衛が鍵《かぎ》を開けることはない。本日も明人が鍵を開けた。

迎える者は誰もいない。

二人で暮らすには贅沢《ぜいたく》な庭付きの二階建ての４ＬＤＫだが、室生家の若殿様には質素な家かもしれない。一階にあるリビング・ダイニング・ルームは二十五畳あり、対面式キッチンは六畳ある。他の部屋はそれぞれ八畳以上あり、優雅なアーチを描いている天井も高い。ウオークイン・クローゼットなどの収納が充実していた。邦衛が父親の清衛から与えられた家だ。

「邦衛、風呂《ふろ》に入るか？」

「ああ……」

邦衛が風呂に入っている間に、洗濯を始めた。全自動洗濯機なのでそんなに大変ではないが楽しいものでもない。

「明日、ゴミの日だ」

明人は不燃ごみを出す用意をした。邦衛のたくあんづくしの日々のせいかあまり不燃ごみはない。だが、ここで出しそびれるとまた溜《た》まる。

主婦業に勤《いそ》しんでいると邦衛が風呂から上がってきた。

「明人、お茶」

お茶ぐらい自分で取れよ、とは言わない。邦衛は自分で冷蔵庫を開けないどころか、台所に入る必要すらない家で生まれ育っている。

明人は冷蔵庫の中から冷やしていた玄米茶《げんまいちゃ》を取りだして邦衛に渡す。彼は当然のように受け取るが、いつも礼を言うのを忘れない。

「ありがとう」

「ああ、俺も風呂に入ってくる」

サニタリールームだけでなくバスルームもゾウで占められている。明人はゾウさんシャンプーで髪の毛を洗った。ボディシャンプーもスポンジもゾウだ。この場所だけ見れば、小さな男の子のいる家庭に見える。

明人は湯船につかりながらぼんやりと考える。

邦衛の一目惚れは相変わらずだが、止められるようになった。その他のことも以前よりは少しだけマシになった気がする。いや、確実にマシになっている。

好きだけど抱けない。

抱きたいけど好きだから抱けない。

一生つき合いたいからこのままで。

そんなエゴイストの想いはわかるようでわからない。わからないようでわかる。ただ、もうこのままではいやだ。

明人の気持ちはすでに固まっている。

あとはどうやって実行に移すかだ。

明人は風呂から上がると、自分を奮い立たせるかのように冷たい缶ビールを飲んだ。

「邦衛《くにえ》、もう寝よう」

明人《あきと》はリビング・ダイニング・ルームで寛《くつろ》いでいた邦衛の手を取って、それぞれのプライベートルームがある二階に上がった。

「おやすみ」

就寝の挨拶《あいさつ》をしてプライベートルームに入った邦衛の後に続く。場所はどちらのベッドでもいい。

「明人？」

怜悧《れいり》な美貌《びぼう》に感情は出ていない。

明人は邦衛から視線を逸《そ》らすと、バスケットボールを自在に扱っていた大きな手を握った。そのまま部屋の中央に置かれているキングサイズのベッドに上がる。無言で邦衛の身体《からだ》を水色のシーツの波間に沈めた。

少し痩《や》せた邦衛の身体に馬乗りになる。

「邦衛……」

真上から見下ろした邦衛に驚いた気配はない。この体勢だと双眸《そうぼう》の威力が弱まる。どこか脆《もろ》くさえ見える。

「………」

「一度ヤっとこう」

「その、一度ヤっとこうっていうのは、一度しかしないっていうことなのか?」

「そうじゃない。とりあえず、ヤろう」

明人は邦衛のパジャマのボタンを上から順に外し始めた。抵抗するそぶりは見せないが協力する気配もない。

「僕に飽きないか? このままの関係がいいと思う」

「だから、自分と俺を一緒にするな。祥子《しょうこ》おばさんで後悔しただろう。人はいつか死ぬ。事故かなんかで明日にも死んでしまうかもしれない。お前とヤりたい。俺、今、ここで死んだら成仏《じょうぶつ》する自信ないからな。ヤろう」

明人は邦衛の薄い唇に触れるだけの優しいキスを落とした。冷たそうに見えるが、とても熱い。

不条理な男だが、このうえなく愛《いと》しい。

もう愛しいものはしょうがないのだ。

特別注文で作らせた巨大なゾウのぬいぐるみから小さなゾウのぬいぐるみまで、何体あるかわからない。ゾウの置き時計にゾウのカレンダーにゾウが描かれた絵画など、邦衛の部屋にはハマリ物のゾウ・グッズが溢《あふ》れている。今はゾウに夢中でもいつか必ず飽きて捨てるだろう。

たとえ、別れることになってもいい。

愛しいゆえに邦衛が欲しかった。

「やけっぱちになっていないか？」

探るように尋ねてくる邦衛の目が少しだけ曇っていた。怜悧な美貌に不安がありありと表れている。

「なっていない」

「…………」

「俺も男なんだ。ヤりたくなって当然だろう」

幼い子供の頃から一緒に駆けずり回って大きくなったというのに、邦衛は明人の性別を忘れているようなフシがあった。

「君が女の子の役だ」

切れ長の目を細めた邦衛に身体を倒された。すぐに邦衛が明人の身体の上に体重を乗せてくる。

「俺はどっちでもいい」

ポジションはどちらでもいい。

たくさんの男や女が知っていて自分が知らない邦衛を知りたい。

明人は邦衛の広い背中に左右の腕を回す。今日こそは、と勢い込んでいたせいか、腕の力が自然と強くなった。

「痛かったら僕がいやになるかもしれない」

「お前、自分で自分は下手じゃないって言ってただろ」

性に奔放な女性から邦衛との夜を聞かされたことがあった。邦衛はそちらのほうも文句なしの男だそうだ。

「君は初めてだ」

邦衛の存在が明人からすべてを遠ざけていた。

「ああ……」

「人によるそうだが、初めてはやっぱりとても痛むらしい」

一応、邦衛は明人の身体を気遣ってはいる。

「じゃ、あんまり痛くないようにしてくれ」

「無理だと思う」

邦衛の言葉を聞いた明人の目が据わりそうになった。

「じゃ、痛くてもいいからヤれ」

「明人、やけにならないでくれ」

「やけになっているんじゃない。お前が好きだからヤりたいんだ。お前がヤらなかったら俺がヤる。襲うぞ」

明人は口で言うだけでなく、邦衛の腕の中から這《は》いでようとした。でも、薄い微笑を浮かべている邦衛の左右の手に止められる。

「それは駄目、綺麗《きれい》なほうが下」

邦衛の唇が近づいてきて、左の目元に触れた。頰《ほお》や鼻先にも触れるだけのキスが落とされる。

「一生君と離れたくないから、そのためにはどうしたらいいか、ずっと悩み続けている」

この期《ご》に及《およ》んでまた何を言いだすんだ、とアッパーの一つも食《く》らわせたくなったが、ぐっと堪《こら》えた。

「悩むな」

「悩み続けてわからなくなった」

「俺は我慢し続けておかしくなりそうだ」

「明人……」

愛しているからではなく、愛しすぎているから、最後の一線を越えられない。邦衛の言い分はわかるようでわからない。わからないようでわかる気がする。邦衛なりに悶々《もんもん》と悩み続けていることも知っている。

「このままじゃいやだ」

邦衛はいろいろな男女との肉体関係があった。ベッドの中で最高に魅力的な恋人もいただろう。

それに比べて明人は誰の身体も知らない。どうしたら邦衛が楽しむかなんてこともよくわからない。二人の関係に身体が入ったら、邦衛に幻滅されてしまうかもしれない。飽きられてしまうかもしれない。邦衛という不条理な男をいやというほど知っているゆえの不安は明人のほうが大きい。

それでも、知らなかった邦衛を知りたくて仕方がなかった。また、一度なりとも身体を重ねたほうが楽かとも思っていた。

邦衛の身体を思い切り抱き締めた時、ピンポーン、ピンポーン、ピンポーン、ピンポーン、とインターホンが鳴り響く。

「こんな時に……」

「こんな時間に誰だろう？」

現代的なデザインのチェストの上にあるゾウの置き時計は夜の十一時を示していた。来訪者の予定はない。

「邦衛、気にするな」

「………」

「気にするなって言っても無理だな」

インターホンはしつこく鳴り続けている。どうしたって甘いＢＧＭにはならない。

「今夜はやめておけってことなのかな」

「とりあえず、出るか」

明人がベッドから下りようとすると、邦衛の長い腕に引きとめられる。

「無視しよう」

「え……？」

「どうせ、ロクなもんじゃない」

耳障《みみざわ》りなインターホンの中で身体を重ね合う気はないが、夜の来訪者を迎える気もないらしい。

「立良《たつよし》か雅紀《まさき》かもしれない。あいつらだったら可哀相《かわいそう》だ」

この場所を訪ねてくる者は限られていた。こんな時間にセールスはないだろう。わけのわからない宗教の勧誘でもないはずだ。

「可哀相じゃない」

インターホンは出るまで鳴り続けそうだし、電話も鳴り始めた。この二重奏はなかなかきつい。

「電話は俺が出る」

明人が子機を取った。

「もしもし?」

電話に出ると、果歩《かほ》の泣き声が受話器から聞こえてきた。今まで果歩が泣きながら電話をかけてきたことはない。

「もしもし?　果歩ちゃん?」

『いるのはわかってるのよ、早くドアを開けて』

今、インターホンをしつこく鳴らしている人物がわかった。招かれざる客だ。

「もしかして、今、うちの前にいる?」

『ええ、早く開けてちょうだい』

「こんな時間になんの用?　ここは男しかいない家だぜ?」

明人にいやな予感が走った。できるなら、関《かか》わり合《あ》いになりたくない。いや、絶対に関わらないほうがいい。

邦衛はベッドの中からこちらを窺《うかが》っている。

『いいから、開けてっ』

「雅紀は？」

雅紀と果歩の間に何かあったということは容易に想像できた。

『開けてちょうだい』

「こんな時間に女の子一人は困る」

『開けてって言ってるでしょう』

果歩は大声で叫んだ後、涙声で喚《わめ》きだした。

明人は聞き取ることができない。

「落ち着いてくれ」

子機で果歩に優しく語りながら一階に下りていく。

重厚な玄関のドアを開けると、大粒の涙を流し続けている果歩がいた。辺りに雅紀の姿はない。

「おじゃまします」

「果歩ちゃん、男だけの家なんだ。玄関で話をしよう」

黒のパンプスを脱ごうとする果歩を明人は止めた。

「中に入れて」

「玄関で話そう。雅紀は今夜ここに来ていることを知っているのか？　知らないんだろう？　俺と話があるならここで、できたら明日にしてくれないか？」

「お茶ぐらい出してよ」

「彼氏持ちの女の子、それも俺の親友の彼女をこんな時間に家にあげるのは困る。雅紀に変な誤解を受けるかもしれない。俺は雅紀と揉《も》めたくないんだ」

今時こんな堅いことを言うと鼻で笑われるが、明人は真剣だった。これは何も果歩の様子がおかしいからではない。相手がどんな女性であっても言っただろう。もっとも、邦衛の彼女だったなら何も言わなかっただろうが。

「さんざん女と遊びまくっているくせに何を言ってるの？　二股《ふたまた》三股《みまた》かけていたのは誰？」

「それは邦衛だ、俺じゃない。俺はそんなことしない。雅紀だってそうだ」

きつい口調で叩《たた》きつけるように言った明人に、果歩は反論しなかった。

「…………」

「誰にでも聞いてくれ。俺と雅紀はそんなことしていねぇ。そういう性格じゃない」

「明人？」

気怠《けだる》そうな邦衛が下りてきた。

一瞬にして果歩の顔が般若《はんにゃ》と化す。

「邦衛くん、私と雅紀くんの邪魔をしないで」

「……は？」

「邦衛くんに告白されておつき合いしたけど私たちすぐに終わったわよね？　だって、私がここにピザを作りに来たら、邦衛くんの彼女だっていう女が二人、大喧嘩《おおげんか》してたんだもの」

邦衛のためにピザを作りにやってきた三人の女が、鉢合わせてしまったのだ。想像を絶する事態だった。

果歩など、邦衛から別れ話も聞いていない。楽しいデートをした後の出来事である。何がなんだかわからなかっただろう。

邦衛は果歩に別れを告げることすら忘れていた。雅紀とつき合っていなければ果歩のこともすっかり忘れていたに違いない。

「そうか」

「そうかってねぇ……」

このまま果歩と邦衛がぶつかればどんな事態を招くかわからない。精神的に不安定な果歩のことを聞いている明人は、焦《あせ》りながら二人の間に割って入った。

「果歩ちゃん、明日にしよう」

「私と邦衛くんは別れ話していないけど別れているわ」

果歩は明人を無視して邦衛に挑むような目を向ける。邦衛はいつもと同じように淡々としていた。

「そうだ」

「私と雅紀くんの邪魔をしないで」

どこからそんなことが出てきたのか、明人は目を吊《つ》り上《あ》げている果歩に聞いてみたいが聞けない。

「邪魔なんかしていない」

「雅紀くん、邦衛くんのことを気にしているみたい」

「そうか」

「私と邦衛くんは別れたわよね」

「そうだ」

「邦衛くんが浮気をしたのよね？　私が悪いわけじゃないわね？」

その時のことを思い出しているのか、果歩の涙は一段と激しくなった。よほど、悲しかったのだろう。

邦衛に未練があるのか、と明人はじっと果歩を見つめた。しかし、邦衛に対しては嫌悪《けんお》感《かん》しかないようだ。やはり、女性はよくわからない。

「ああ」

「それを雅紀くんに言ってちょうだい」

「わかった」

「今すぐっ」

鬼のような形相で怒鳴った果歩の言葉に戸惑ったのは邦衛だけではない。傍《かたわ》らでおろおろしていた明人もだ。動揺しつつも邦衛は無言だったが、つい明人はまぬけな声を出してしまった。「は……？」と。

果歩は携帯に向かって叫んだ。

「雅紀くん、今から邦衛くんのところに来てっ」

果歩は言うだけ言うと携帯を切る。それから、邦衛を睨《にら》みつけた。

「邦衛くん、雅紀くんに私と邦衛くんはなんの関係もないって言ってちょうだい」

「ああ」

「私、どうかしていたのよね？　あなたみたいな人についていこうとしたなんて」

果歩は邦衛にあっけなく落とされた自分を悔やんでいるようだ。

「…………」

「幸せにしてくれるなんて言ったけど」

邦衛は恋人に甘い言葉を惜しんだりしない。高価なプレゼントも充分すぎるほど贈っていた。

「…………」

「大嘘《おおうそ》つきよね」

邦衛が果歩に愛の言葉を囁《ささや》いた時は本気だった。本当に果歩を幸せにするつもりだったのだ。落とした女の数を誇っているような男ではない。

明人や雅紀、立良も口を揃《そろ》える邦衛の最高の美点は、裏表がないことだ。決して、表の顔ではにこにこと笑っていながら、裏で人の足を引っ張ったりしない。人を騙《だま》したりもしない。

ただ、色恋沙汰《いろこいざた》だけに関しては『騙された』や『大嘘つき』と罵《ののし》られることが多いのだが。

「…………」

「ここで大喧嘩していた二人の女はどうしたの?」

「…………」

「答えなさいよ」

なんだかんだいって邦衛は良家のご子息だからか、女性に向かってあまり冷たい言葉は投げない。意識しているのではなく、生まれ持った性質かもしれない。それなのに、邦衛は果歩に対してはっきりと言った。

「ウザイ」

一瞬、果歩は人形のように固まった。自分にそんな言葉が向けられるとは思ってもいなかったのだろう。

「ウザイじゃないでしょっ」

「帰れ」

「このままじゃ帰れないわよっ。ひどいわね、謝りなさいっ」

果歩が大声で怒鳴った時、バイクのエンジン音が響いてきた。その瞬間、果歩の目が虚《うつ》ろになり、玄関のドアを開ける。

「悪いっ」

息を切らした雅紀が飛び込んできた。これで終わったわけではない。ここから始まるのだ。

「さぁ、邦衛くん、ちゃんと雅紀くんの前で言って」

「雅紀、ズボンの……」

邦衛が人差し指で指した先は雅紀の股間《こかん》だ。ズボンのファスナーが全開だった。緊迫していた空気が一瞬にして崩れる。

「ちょうどバイトが終わった後、トイレタイムだったんだよ」

果歩からの連絡を受け取った時の状態を、雅紀がファスナーを上げながら話した。その場を思い出しているのか、雅紀の顔は派手に歪《ゆが》んでいる。

明人は雅紀の肩を叩きたくなったがやめた。邦衛が果歩の前で何を言うかわからないからだ。

「こんな時間までバイトか」

バイトに無縁の邦衛は時間帯のほうに意識が行っているらしい。

「今日は早いほうだ」

「そうか」

雅紀と邦衛の会話に鬼のような形相を浮かべた果歩が割って入った。

「ちょっと、勝手に何を喋《しゃべ》っているのっ？」

明人は邦衛相手に何度も経験したループ地獄を、第三者の立場でつき合うことになった。雅紀の懸命の宥《なだ》めで果歩が落ち着いたのは朝の四時だ。

果歩を後ろに乗せる雅紀は事故に遭遇してもおかしくないほど憔悴《しょうすい》していた。

「せめて事故らないように」

明人はそう祈るしかなかった。

翌日は宅配便業者が鳴らしたインターホンで、明人《あきと》と邦衛《くにえ》は目を覚ました。業者に礼を言った後、大声で怒鳴った。

「邦衛、来いーっ」

二階から下りてきたパジャマ姿の邦衛に、明人は送られてきたものを指した。

「邦衛、これをどうするつもりだ?」

「ああ、やっと来たのか」

待《ま》ち侘《わ》びていたものらしく、邦衛はとても嬉《うれ》しそうだ。表情や口調はあまり変わらないが、身に纏《まと》っている空気がガラリと変わる。この微妙な変化に気づく者は明人ぐらいだろう。

「やっと来たじゃない。こんな大きいのどこに置くんだ?」

この家に送られてくるものといえば、邦衛が注文したハマリ物だ。今ならゾウ・グッズである。ゾウのカップやゾウのコースター、ナイフやフォーク、プレートやお茶碗《ちゃわん》など、リビング・ダイニング・ルームにもゾウ関係のものが溢《あふ》れている。本日もゾウ・コレクションに加わるものが送られてきたのだが、ものがものだけに笑っていられない。

「可愛《かわい》いだろう」

「可愛いじゃないっ」

突如《とつじょ》現れた巨大なゾウのぬいぐるみは玄関のドアから入れることができず、リビング・

ダイニング・ルームにある大きな窓から入れることになった。巨大なゾウのぬいぐるみのため、リビング・ダイニング・ルームに置かれていたテーブルやソファなどの家具は重ねたりして、一ヵ所にまとめられている。

「よく見ろ、可愛いだろう」

邦衛は目を細めながら大きなゾウの鼻に触る。つられるように、明人もゾウの腹部に触れた。

「こんなデカイの……」

あまりの大きさに明人は泣きたくなったが、邦衛はゾウの耳を撫《な》でながら誇らしそうに言った。

「大きいだろう」

「もしかして、実物サイズ？」

「そうだ」

「これ、飽きたらどうするの？」

お宝自慢のお殿様に手をあげる代わりとして、明人はゾウの臀部《でんぶ》をパンパンパンと勢いよく叩《たた》いた。邦衛自慢のゾウのぬいぐるみはビクともしない。

「飽きないと思う」

「命を賭《か》けてもいい。お前は必ずゾウに飽きる」

「………」

「どうせこのゾウを捨てるのは俺だろうけど、捨てるのは可哀相《かわいそう》だし、捨てるのも大変じゃないか？」

「………」

邦衛は動物園に通うだけではあきたらず、ゾウを飼いたがっていた。それだけは何があっても避けたい。

「邦衛、まさか、本物のゾウを注文していないよな？　いくらなんでもそんな無茶苦茶なことはしていないよな？」

無言で流す邦衛の表情を目の当《まあ》たりにして、明人の背筋に冷たいものが走った。

「注文していたならキャンセルしろ。俺はお前以外の生き物の世話をする余裕がない」

「………」

「冗談じゃないからな」

「……インドに行こう」

「もしかして、ゾウに会うため？」

明人の目は据わっていたが、ポーカーフェイスの邦衛はコクリと深く頷《うなず》いた。リアルサイズのゾウのぬいぐるみに疲れ果てているせいか、もはや文句を言う気力もないが、ここで怯《ひる》んだら負けだ。

「来年にしよう」

飽きっぽい邦衛のこと、来年までゾウ・ブームが続いていることは絶対にない。そう明人は確信している。来年までゾウ・ブームが続いていたら、赤飯を炊《た》いてお祝いしてもいい。

明人の提案は予想外だったのか、邦衛の目が少しだけ見開かれていた。

「来年？」

「そう、来年だ」

「今すぐ行きたい」

今、ゾウにハマっている邦衛がインドの地に足を踏み入れたら、何をしでかすかわからない。ゾウ使いの修業に励むならまだしも、金に飽かせてゾウを買い占めることはやめさせたかった。邦衛の愛は移ろいやすいのだから。

何がなんでもインド行きは止める、と明人は自分で自分に気合を入れた後、きっぱりとした口調で言った。

「学校はどうするんだ？　インドは来年だ、いいな」

「………」

「なんか、朝から疲れた」

明人はその場にくずおれそうになってしまう。

「もう朝じゃない」

「そうだな。学校行かないとな」

一限目の講義は休講、本日は三限目と四限目の講義がある。中でも四限目は必修科目なので落とすと非常に危ない。

「食事にしよう」

「ああ……」

邦衛は巨大なゾウを眺めながら、たくあんを食べる。

相変わらずのポーカーフェイスだが明人にはなんとなくわかる。ハマリ物を見ながらハマリ物を食べるのが邦衛の至福の時だ。隣に明人がいるのは当然のことである。邦衛は最高に嬉しそうだった。

「嬉しそうだな」

「ああ……」

「たくあんだけじゃなくて昨日買った栄養食品も食えよ。それ以上、痩《や》せたらいやだぞ」

「わかってる」

明人はゾウのぬいぐるみをまじまじと見つめながら、カップのやきそばを食べた。

かつて邦衛がハマっていたやきそばの残りだ。飽きたら最後で、邦衛は今ではもうやきそばには見向きもしない。結果、処理するのは明人である。目の前にある巨大なゾウの行く末を考えるだけで頭が痛くなった。動物のゾウじゃないだけマシだと自分を宥《なだ》めたりもした。

本日の講義がある南館の階段教室には眠そうな立良《たつよし》がいた。聞くまでもない、昨夜《ゆうべ》も年上の恋人に眠らせてもらえなかったのだ。幸せな悩みなので明人《あきと》は同情したりしない。景気づけとばかりに、ゾウに踏まれてもビクともしないような逞《たくま》しい立良の背中を盛大に叩《たた》く。

「よう、今日も眠そうだな」

「ああ……」

「ところで、雅紀《まさき》は?」

一刻も早く無事を確認したい雅紀の姿が見えない。立良はあくびを噛《か》みしめながら話した。

「まだだ」

「あいつ、無事だったのかな」

明人が独り言のようにポツリと呟《つぶや》くと、立良は目を擦《こす》りながら尋ねた。

「何かあったのか?」

「ああ、実は……っと、先生が来た」

雅紀が現れたのは四限目の講義が始まる寸前だった。目の下にはエサのいらないクマがいるし、頬《ほお》はげっそりとこけている。おまけに、髪の毛がボサボサだった。疲労困憊《ひろうこんぱい》を体現しているような有り様だ。いつもの颯爽《さっそう》としたムードは微塵《みじん》もない。

「よう、昨日はすまん」

まず、雅紀は昨夜の騒動の謝罪をする。明人は首を左右に振りながら答えた。

「いや、大丈夫だったか?」

「そのことで話があるんだ」

「ああ……」

講義が始まるや否《いな》や雅紀は机に突っ伏して夢の国へ旅立った。すぐに寝息が聞こえてくる。子守唄《こもりうた》の一つも歌ってやりたい気分になった。極度の音痴ゆえ、安眠妨害になりかねないというのに。

明人も眠かったが必死になって講義を受ける。頼みの真面目《まじめ》な立良が寝ているのでノートをとっておいたほうがいい。

邦衛《くにえ》は講義を聞いているのかわからないが、起きてはいた。

講義中に携帯の着信の音楽が鳴り響く。

「眠いなら寝ててもいい。寝ているなら講義の邪魔にならないからな。だが、携帯は講義の邪魔だ。出ていけ」

メディアに頻繁に登場している教授の怒りに触れた男子学生が、階段教室から出ていった。なお、講義中は携帯の電源を切るようになっている。

講義が終わった後、経済学部の数少ない女子学生の一人が、憔悴《しょうすい》しきっている雅紀に声をかけた。

「雅紀くん、目の下、どうしたの?」

雅紀は女友達に果歩《かほ》の異常さは伝えていない。言うつもりもないようだ。内情を知っているのは明人と邦衛、立良くらいだ。明人にしろ邦衛にしろ立良にしろ、果歩について吹《ふい》聴《ちょう》することは絶対ない。そう信じているからこそ、雅紀は漏らした。それが雅紀という男だ。

「忙しくって」

「バイト?」

「そう……」

「無理しないでね。時間ができたらまたカラオケに行こう。私の持ち歌、増えたのよ」

「ああ、またな」

校門を出るまで、雅紀は友人だけでなくちょっとした知人からも同じことで呼び止められる。

「雅紀、いったいどうしたんだ？　顔が違うぞ」

「忙しいんだよ」

すべて『忙しい』で躱《かわ》す雅紀が、明人は気の毒に思える。

誰にも話を聞かれる危険性がなく、落ち着けるところがいい、ということで立良が暮らしているアパートに向かった。雅紀や明人の家だと、いつ果歩が乗り込んでくるかわからないからだ。

「まず、昨日はすまなかった」

雅紀に頭を下げられた明人は手を左右に振った。

「いや、雅紀が悪いんじゃないよ」

「もうわけがわからない。いや、もともとわからなかったんだがますますひどい」

果歩の言い分を雅紀と一緒に明人は聞き続けたが、理解に苦しむだけだった。わからないのは、男と女という性差ではないだろう。

「うん、確かにおかしい」

「何を言ってもつっかかってくるんだ。最後には必ず泣くし、喚《わめ》くし、お約束のように死ぬの生きるの騒ぎだす」

昨夜は台所に飛んでいって包丁を取りだすような一触即発の危機もあった。握った包丁で誰を殺すわけでもない。果歩は自分の手首に当てるのだ。

「ああ、わかる」

「俺のほうまでおかしくなってくる」

明人まで涙ながらに語り続ける果歩に、引きずられそうになってしまった。一人で向き合っていたら本当に危なかったに違いない。

「別れたら……って、別れたら、果歩ちゃんは何をするかわからないな」

明人は雅紀が果歩を突き放せないわけがよくわかる。

「ああ……」

「このまま続けたら雅紀が危なくなるかも」

「ああ、もう、どこまで保《も》つか自信がない」

立良は晩御飯を用意しながら話を聞いている。邦衛は聞いているのか、聞いていないのか、どちらかわからないけれども口を挟まない。

「果歩ちゃんみたいなタイプは男に関してはドライなのに……」

邦衛から別れ話もされないうちに会った邦衛の彼女だと言い張る二人の女に、果歩は衝撃を受けた。

自分以外に二人も彼女がいると。

そして、同じファミリーレストランでバイトしている邦衛の友人、つまり雅紀の胸の中で泣いた。当然、雅紀は懸命に慰めた。

『そんなに泣かないでくれ』

『だって……もう……』

『もう泣くな、邦衛はそういう奴なんだよ。あいつのために泣くなんて損だ。果歩ちゃんならすぐに新しい彼氏が見つかるよ』

『じゃあ、雅紀くんが彼氏になってくれる？』

『友達の元カノは……』

『すぐに新しい彼氏が見つかるって言ってくれたじゃない。嘘《うそ》なの？　第一、邦衛くんとは彼女っていうほどつき合っていないわ……私、私っていったい何？　なんだったの？』

一概には言えないが、これが果歩のようなタイプの女性の常套手段《じょうとうしゅだん》だ。フリーの男だったならばそうそう断れない。

邦衛にフラれた女の子に泣きながら迫られるというパターンは、明人も何度も経験していた。そういうことをする女性の外見も決まっている。

外見は清楚《せいそ》で控えめで女らしいが男関係はとても派手、しかも倫理観が非常に薄い。

友達の彼氏とつき合ったり、彼氏からその彼氏の友達に乗り換えたり、彼氏からその彼氏の後輩に乗り換えたり、簡単にする。実際、果歩の男遍歴も凄《すご》かった。雅紀も『仁義もクソもない』といやがっていたものだ。

「そう、友達の彼氏を取ったり、姉の彼氏を取ったり、あいつだってさんざんなことをしている。邦衛を罵《ののし》れないぜ」

惚《ほ》れっぽくて飽きやすい邦衛ほどひどくないが、男関係においては果歩もなかなか激しかったらしい。

本人はいつも上手《うま》く立ち回っていて、男からはまったく恨まれていない。果歩に捨てられた男でも、彼女のことは悪く言わなかった。

しかし、果歩と同性である女友達からの評判はとても悪い。雅紀も女友達が多いので自然と果歩の噂《うわさ》が耳に入る。

「フラれたことがないからショックだったんだな」

「ああ、自分が男にフラれたっていうのがショックだったみたいだ。過去、彼氏からその彼氏の後輩に乗り換える時なんか、彼氏にフラれるようにもっていったみたいだけどさ。フラれるつもりじゃなかった邦衛にフラれたのが痛かったみたいだ」

雅紀と明人は申し合わせたわけでもないのに、オレンジジュースを飲んでいる邦衛をじっと見つめた。

「こいつなんだよな」

独り言のようにポツリと言った雅紀に、明人も続いた。

雅紀と明人はほぼ同時に同じ言葉を独り言のように呟いた。

「そう、こいつだ」

雅紀は苦笑を浮かべながら言葉を重ねる。

「いつもこいつだ」

明人は邦衛の顔面に向けて指を指す。同じように雅紀も邦衛の怜悧《れいり》な美貌《びぼう》を人差し指で指した。

「俺はそこまでは思わないが今回はこいつだ。果歩、俺のことも別に好きっていうわけじゃないんだよ。かといって、邦衛に未練があるわけでもない。けど、自分が三股《みまた》かけられていたっていうことに何かあるみたいだ。つまりはこいつだ」

雅紀が大きな溜《た》め息《いき》をついた時、携帯が鳴り響いた。

「俺、バイト中のはずなんだけどな」

案の定、雅紀の携帯を鳴らしているのは果歩である。雅紀は彼女に今日のバイトを休んだことは告げていない。

「バイト先に連絡を入れて、お前が休んでいるとか聞いたのかな?」

「そうかもしれない」

「出なくていいのか?」

「出たらきっと『来てくれなきゃ死んでやる』で電話を叩き切る」

雅紀がいつもの口調で語ったせいか、やたらとリアルに感じられる。

「困るな」

「果歩に恨まれても罵られてもいいから別れたい」

「そりゃそうだろう」

「別れた後、果歩が何をするかわからないから怖くて別れられない。どうしたらいい？」

「新しい男」

「俺もそう思って、俺の友達に何人も会わせたんだけど駄目だった」

今までの果歩だったならば、これぞと思う男には、恋人の友達であっても密《ひそ》かに色目を使った。思わせぶりな言動を取るだけで、実際行動には移さない。のぼせあがった男のほうが果歩にモーションをかける。結果、男同士が争う。

「自分よりもかっこいい男を紹介しないと無駄かもしれない。それか桐蔭《とういん》義塾《ぎじゅく》よりいい大学の奴とか金を持っている奴」

果歩は男を冷静に選ぶ女の一人だろう。もっとも、今まではという注釈がつくが。

「お前、ホモのくせに女をよく知っているな」

男相手に神経をすり減らしている明人も、雅紀に言いたいことはいろいろとあるが、あえて今は何も言わない。

「俺だって女はわからねぇよ。ただ、邦衛の彼女だった女を見ていたらなんとなく思うんだ」

「ワイルド系から癒《いや》し系、アイドル系、いろいろと果歩に紹介したんだよ。ありったけのコネとツテを使った」

果歩にさりげなく男を紹介している時のことを思い出しているのか、雅紀はどこか遠い目をしている。

「玉砕した後か」

「困った。もう打つ手がない」

がっくりとうなだれている雅紀に心の底から同情している明人は、必死になって頭を働かせた。

「お前が果歩ちゃんに嫌われるようにするっていうのは？」

「ある程度やった」

雅紀も手をこまねいていたわけではない。いろいろな策は講じたのだ。

雅紀と明人は大きな溜め息をつきながら、諸悪の根源である邦衛を見つめた。邦衛はどこ吹く風で流している。

「メシ、できたぞ」

卓袱台《ちゃぶだい》に立良の手料理が並んだ。

「たくあんは？」

箸《はし》を持った邦衛は当然の権利のように立良にもたくあんを希望する。立良はきっぱりと言った。

「ない」

「…………」

「邦衛、人ンちに来て贅沢《ぜいたく》を言うな」

明人は邦衛を窘《たしな》めた後、ワカメと豆腐の味噌汁《みそしる》を口にした。意外にもマメに家事をする立良の手料理は美味《おい》しい。

「あ〜、美味《うま》い」

雅紀は炒《いた》めた豚肉とピーマンを美味そうに食べた。明人もだ。邦衛はササミのてんぷらを見つめた後、箸を伸ばした。いっさい文句を言わずに食べ続ける。

「どうしよう」

ブロッコリーを箸で突《つつ》きながら雅紀が大きな溜め息をつく。雅紀は果歩とつき合いだしてから溜め息が多くなった。以前は溜め息などつかなかったものだ。

「時がすべてを解決する？」

「その時っていうのはどれくらい？」

「う〜ん、邦衛が果歩ちゃんにフラれればいいのかもしれない。そうしたら、果歩ちゃんは元の果歩ちゃんに戻るのかも」

邦衛によって失った女のプライドを取り戻させればいいのかもしれない、という考えに至った。

　食べながら、作戦を練る。

「よしっ、『蘇《よみがえ》れ、果歩ちゃん・プロジェクト』だ」

　明人と雅紀は何度も邦衛の役回りを説明した。

　邦衛は面倒くさそうに聞いているが、一言も拒絶しない。雅紀がどれだけ大変かちゃんとわかっているからだろう。途方もない男だが、人としての心がまったくないわけでもないのだ。打ち合わせを終えて立良の部屋を出る。

「美味かったぜ。またな」

「ごちそうさん、またな」

　アパートから出るとこちらに歩いてくるスーツ姿の男が見えた。街灯の明かりでその美貌が浮かび上がる。一番最初に彼に気づいたのは明人だ。彼は一度見たら忘れないだろう、夜目でもその白皙《はくせき》の美貌は霞《かす》まない。

「あ……」

　立良の恋人である智史《ともふみ》のあまりの美しさに、明人は立ち止まってしまった。

　見惚《みと》れるぐらいならばいい。自分以外見るな、なんてことは言わない。こんな夢のように綺麗《きれい》な男だったら、そっちの趣味がなくても見惚れる。明人も邦衛が智史に見惚れるだけだったら許す。口説くのは許さない。邦衛はあろうことか、智史に近寄った。

「綺麗ですね」

容姿を褒められたらムキになって否定する男や女がいる。認めたら罵られるからだ。智史は優雅な微笑を浮かべながら礼を言った。

「どうも」

「半端《はんぱ》じゃない」

他を圧倒する二人の美男子が向きあっている姿は、映画のワンシーンのようだった。

「ありがとう」

「僕とつき合ってください」

智史が返事をする前に、明人は邦衛の後頭部を殴り飛ばした。ボカっという凄《すさ》まじい音が響き渡る。

「邦衛、友達の恋人に手を出すなーっ」

「え……？」

どうやら、ラブホテルに連れ込んだこともある麗人の顔を忘れているらしい。邦衛は智史の顔を見つめ直した。

「相変わらずだね、邦衛くん」

立良から何か聞いているのか、智史は楽しそうに口を開いた。それから、顔見知りの雅紀と挨拶《あいさつ》をする。

「雅紀くん、やつれたね」

「わかりますか」

「うん、はっきりわかる」

智史は軽く笑いながら邦衛の腕を摑《つか》んでいる明人に視線を向けた。

明人はペコリと頭を下げる。

「明人くんだね？」

智史と明人が言葉を交わすのは今回が初めてだ。

「はい」

立良は年上の恋人について多く語らないが、夢中になるのもわかる。容姿だけでなく、不思議な魅力とムードを漂わせていた。

「君も大変だね」

「は……」

「ちゃんと捕まえておきなよ」

「はい」

智史は立良の部屋に吸い込まれるように入っていった。立良は今夜眠らせてもらえないに違いない。

「邦衛、許さないからな」

明人が腹の底から絞りだしたような声で凄《すご》むと、邦衛は視線を逸らしながら答えた。

「わかってる」

「本当にいいかげんにしろよ」

明人は邦衛の背中を軽く叩きながら念を押した。

「ああ……」

「あの人に手を出したら……」

智史に手を出したら別れる、と言いかけたがやめた。

決して智史に手を出してほしくはないし、手を出させたりしないけれども、病気としかいいようのない邦衛なのである。父親から受け継いだ遺伝性の病気なので、治癒することはないかもしれない。

だが、立良の恋人には何があっても手を出させたりしない。一時も目を離さないことを密かに誓っていた。雅紀に対する果歩以上に束縛してやると。

「明人?」

「あの人に手を出したら殴り殺す、焼き殺す、絞め殺す」

明人は母親から受け継いだ『殺す・三連発』を叫んだ後、雅紀に視線を流した。

「雅紀、あの智史さんって何をしているか聞いているか?」

智史はモデルにしては少々身長が足りない気がするが、モデルと言われれば納得する。

タレントと言われてもホストと言われても納得する。アパレル業界に勤務していると言われても納得するだろう。

「知らない」

「普通のサラリーマンには見えないな」

「着てるスーツは地味だけどな」

ノーブランドで黒っぽいグレーのスーツを智史は身につけていた。なんの特徴もない黒い革靴にも高級感は漂っていない。

「そういえばそうだな」

「時計も安物の日本製」

お洒落《しゃれ》なせいか、雅紀は他人の衣服やアクセサリーをよく見ている。

「へぇ、そうなのか」

最寄りの駅に向かう雅紀と、住宅街にある家に帰る明人と邦衛は交差点で別れる。

明日の健闘をお互いに祈った。

翌日の土曜日は予定どおり、果歩《かほ》が通っている大学に行った。

「邦衛《くにえ》、来たぞ。失敗するなよ」

講義が終わり、校門に向かって歩いてくる果歩の前に邦衛を立たせる。帽子を深く被《かぶ》っている明人《あきと》は大木の陰から様子を窺《うかが》った。

「果歩、話がある。来てくれ」

邦衛は問答無用で女友達から果歩を連れだす。迫真の演技だ。

「邦衛くん？　なんの用？」

果歩は邦衛の出現に驚いているようだが、怒っている気配はない。それどころか、喜んでいるようだ。

ファッション雑誌から飛びでてきたような美男子に腕を取られている果歩は、女友達から羨望《せんぼう》の眼差《まなざ》しを注がれていた。それは果歩も気づいている。

美女を連れていると男が自信を持ち、胸を張ることと同じなのかもしれない。明人自身、そういった男の心理はわからないけれども。

「すまなかった」

明人が書いたシナリオどおり、邦衛は果歩に詫《わ》びた。

「何？」

「僕ともう一度やり直してほしい」

「……え？」

「雅紀《まさき》と別れて僕とつき合ってくれ」

邦衛の告白を聞いた果歩は慈愛に満ちた微笑を浮かべた。そして、優しい口調で邦衛を拒絶した。

「いやよ」

「どうして？」

「邦衛くんみたいな男はいや」

「もう泣かせたりしない」

「私、雅紀くんに大事にされているの。雅紀くんを裏切れないわ」

果歩が言うかもしれないセリフの一つとして挙げたセリフが実際に出た。返す邦衛の言葉は昨夜《ゆうべ》のうちに決まっている。

「一昨日《おととい》、あんなに泣いていたのは誰だ？　本当に大事にされていたならあんなに文句を言わないだろう」

痛いところを衝かれた果歩は言《い》い淀《よど》んだ。

「あ……それはその……」

「僕とつき合おう」

「ごめんなさい」

「雅紀には僕が話をつける」

「やめて」

口では止めているが、果歩に怯《おび》えている気配はなかった。

「あんなに泣いていたじゃないか。雅紀に君は任せられない」

孫のいる老婦人や子持ちの中年女性以外で、今まで邦衛が口説いて落ちなかった女はいない。その日のうちに身体《からだ》の関係まで持ち込めなかった女はいるが、数えるほどしかいない。

「邦衛くんはいや」

「もう君を泣かせたりしない」

「いや」

しばらくの間、果歩の『いや、いや、いや』が続いたが、一昨日とはうって変わった可《か》愛《わい》い『いや、いや、いや』だ。冷静な目で見ていたら、どうしたって本当にいやがっているようには見えない。

果歩ちゃん、男を手玉に取っていた時の調子が戻っているじゃないか、と明人は密《ひそ》かに心の中でガッツポーズを取ってしまう。頑張れーっ、とエールまで送ってしまった。一人応援団だ。

「場所を変えよう」

邦衛が果歩の肩を抱いて歩きだす。

口元に手を当てている果歩は逃げなかった。

「今から雅紀と話し合う」

「やめて」

あとどれくらい決着のつかない会話が続くのか、あるかないか不明な邦衛の忍耐にかけるしかない。

「今日も雅紀くんと会うの。もう帰って」

雅紀との約束は夜からだ。まだ、時間はたっぷりとある。

「帰らない」

「私、邦衛くんとはつき合えない。もう二度と私の目の前に現れないで。これ以上、ここにいたら警備員を呼ぶわよ」

「また来る」

「もう二度と来ないで」

自分を蔑《ないがし》ろにした男に対する意地か、果歩はとうとう邦衛に落ちなかった。

校門から出た邦衛《くにえ》のあとを明人《あきと》が追う。大学から少し離れたところに置いていた車の前で邦衛が立ち止まった。車のキーを持っているのは明人だ。

殿様運転しかできない邦衛には何があってもハンドルを握らせない、と固く誓っている明人は目にも留まらぬ早業《はやわざ》で運転席に滑り込む。

助手席に邦衛が座ると、明人は車を発進させた。

「これでいいのか？」

助手席に座った邦衛が尋ねてくる。

果歩《かほ》に邦衛を手ひどくフラせる、が明人と雅紀《まさき》の出した結論だった。

邦衛が果歩を口説いて、それで果歩が落ちたらそれでもいい、と明人は言った。しばらくの間、果歩とプラトニックな交際をすればいい。どうせ、長くは保《も》たないのだから。

おそらく、果歩は邦衛に物足りなくなって他の男に走るだろう。

「とりあえず、女のプライドは取り戻したはず。果歩ちゃんが元の果歩ちゃんに戻ってくれればいいんだよ。あとは雅紀が上手《うま》くやるんじゃないかな」

「そうか」

「ああ、ご苦労さん、でももともとはお前が悪い」

自分が悪いなどとまったく思っていない邦衛は無言だ。

「元凶は不実なお前だ。そのことを忘れるな」

「もう彼女とは関《かか》わり合《あ》いになりたくない。彼女はいやだ」

邦衛の目と口調に果歩に対する嫌悪感《けんおかん》が少しだけ表れている。

「珍しいな、お前がそういうこと言うの」

明人が知る限り、邦衛の口から別れた恋人の悪口を聞いたことがない。フラれた後でも呆《あき》れるほどサバサバしていた。

「そうか?」

「ああ……」

それから、邦衛の希望どおり、動物園に行ってゾウを眺めた。土曜日なので若い男女のカップルが目につく。子供が元気に駆けずり回っていた。

「ゾウの背中に乗りたい」

ゾウの背中に乗りたがる邦衛が可愛《かわい》いのか可愛くないのか、明人はわからない。明人もゾウの背中に乗ることができるのならば、一度ぐらい乗ってみたいとは思う。あの高さから景色を見下ろすのは格別に違いない。だからといって、賛同したらそれまでだ。

「落ちそうだからやめておけ」

「僕はそんなに鈍くない」

心外だとばかりに、邦衛の目が少しだけきつくなる。明人は視界に入っているゾウの大きさを目で確かめながら頼んだ。

「お前が鈍くなくても相手は言葉の通じないゾウなんだ。危ないからやめてくれ」

「インドに行こう」

「来年な。それより、俺は腹が減った」

「ああ……」

エゴイストでも空腹を訴える明人に耐えろとは言わない。園内の一角にある軽食や土産物を売っているスペースに行った。

強い風が吹いているが、建物の中で食べるのがもったいないほど気持ちがいい。やきそばなどの軽食を買って、ベンチで食べているカップルが多かった。明人もわざわざ店内に入る気がしない。

「天気もいいし、外で食うか」

「ああ」

カフェレストランに入らず、軽食を買ってベンチで食べることにする。終わりかけの紅葉の間にキリンの頭が見えた。三歳の女の子の迷子の放送が繰り返されている。

「邦衛は何にする?」

「ん……」

「俺、ハンバーガーとポテトのセットにする」

「じゃあ、僕も」

さすがにこの場所では邦衛もたくあんを口にしない。

「買ってくるから座っていろよ」

「ああ……」

邦衛は日当たりのいいベンチに向かい、明人は二人分の食事を買った。少しでも栄養を摂《と》らせるため、邦衛の飲み物をホットミルクにする。

「あれ？」

食事を載せたトレーを持って振り返った途端、許せない光景が広がっていた。あろうことか、邦衛が上品な中年女性と仲睦《なかむつ》まじそうに寄り添っている。

「邦衛ーっ」

明人はトレーを持ったまま、邦衛と中年女性に向かって大股《おおまた》で歩いた。

「まぁ、滝沢沙智子《たきざわさちこ》さんの息子さん？　明人くんだったわよね？」

淡いクリーム色のニット・スーツを身につけた女性に笑顔を向けられた明人は、驚愕《きょうがく》で目を大きく見開いた。

「……え？」

顔立ちといい背格好といい目の前にいる男は、明人が知っている室生《むろお》家の跡取り息子によく似ていた。そう、邦衛とよく似た容姿をしているが、明人が振り回されている不条理な邦衛ではない。まず、華やかさと存在感が圧倒的に違う。身に纏《まと》っているものも黒なので見間違えてしまった。

見渡すと、肝心の邦衛はショップのワゴンの前にいる。

「滝沢沙智子さんの息子さんの明人くんでしょう？　祥子《しょうこ》さんのお葬式でお見かけしました。立派になられましたね」

母親の知り合いか、親しそうに話しかけてくる女性に明人は心当たりがない。

「あ、あの……？」

「失礼しました。私は水橋悠子《みずはしゆうこ》と申します。こちらは私の息子の清隆《きよたか》、一度明人くんと邦衛くんに遊んでもらったことがあるのよ」

室生家で催された花見、それも邦衛と一緒に大きな池に飛び込んだ日のことだ。邦衛と面差しのよく似た男の子と初めて会った。彼の名前は水橋清隆、邦衛の異母兄弟である。清隆の母親は銀座《ぎんざ》のホステスだった女性で、清衛《きよえ》に見初《みそ》められて愛人の一人になった。高級マンションと箱根《はこね》の別荘を宛《あ》てがわれ、毎月充分すぎる生活費と養育費を清衛から与えられていた。一度手をつけたら何があっても最後まで面倒を見る清衛は、悠子の容色が衰えてもきっちりと囲い続けている。

「あ、もしかして、清衛おじさんの？」

愛人、という単語を悠子に面と向かって口に出すことが明人にはできない。悠子もわかっているらしく、優しい微笑でゆっくりと頷《うなず》いた。

「あ……お久しぶりです」

「そうです」

清衛の愛人や非嫡出子が何人もいるのはよく知っているが、どのように接すればいいのかわからない。

相手は銀座で清衛を魅了した悠子である。話が進みやすいようにもっていく。

「ええ、ええ、お久しぶりです。うちの清隆も明人くんと邦衛くんと同じ桐蔭《とういん》義塾《ぎじゅく》に通っていますのよ。学部が違うと会うこともないのかしら？　仲良くしてやってくださいましね」

悠子の隣に立っていた清隆がペコリと頭を下げた。真正面から見ても本当に邦衛とよく似ている。

「清隆くん、一つ年下だったっけ？」

「はい」

邦衛より少しだけ声が高いし、表情や雰囲気が柔らかい。何より、彼から不条理は感じられなかった。

「学部は？」

「法学部です」

「大学からだな？」

中上《なかあ》がりだったならば、とっくの昔に清隆の存在に気づいていただろう。

「はい」

「大学から法学部なんて頭いいんだな」

中等部といい高等部といい、中上がりの生徒は教師から『大学になったら頭がいいのが入学してくる』とさんざん脅《おど》されていた。

「何を言ってるんですか」

あまり表情の変わらない邦衛と違って、清隆は表情が豊かだ。楽しそうに笑っている。

「俺、大学からじゃ、絶対に落ちてる」

明人が軽く笑うと清隆は手を左右に振った。

「俺は奇跡で合格したようです。ギリギリ」

「ギリギリでも入ればいいんだよ」

噴水のほうから「叔母ちゃ〜んっ、お兄ちゃ〜んっ」という可愛い子供の声が聞こえてきた。

「甥《おい》っ子《こ》とここに来ましたの。呼んでいるから行きますわね。今後ともよろしくお願いいたします」

悠子に深々と頭を下げられて、明人は恐縮しながら腰を折った。

「こちらこそよろしくお願いします」

HOT

風船を持って飛び跳ねている小さな男の子のもとへ、悠子と清隆は向かう。はしゃいでいた男の子の声が一段と大きくなる。これからサル山を見に行くようだ。

明人はワゴンの中の商品を真剣な顔で物色している邦衛に声をかけた。

「邦衛、冷めないうちに食おう」

「ああ……」

二人はベンチに座って、ロメインレタスがたくさん挟まれたハンバーガーを食べる。ポテトがとても塩辛い。口直しとばかりに、明人は冷たいジンジャーエールを飲んだ。

「さっき、水橋悠子さんと清隆くんに会った」

明人は先ほど会った母子について言った。

邦衛は父親の愛人やその子供に対してどう思っているのかわからない。明人が知る限り、一度も感情を表に出したことがなかった。

「オヤジの愛人か」

「うん、清隆くんはうちの法学部に通ってるんだってさ」

大学で邦衛は噂《うわさ》の一人である。瓜二《うりふた》つといっても過言ではない異母兄弟の噂が流れてこないことを不思議に思った。友人の少ない明人や邦衛ならいざしらず、雅紀あたりが聞いてきそうなのに、清隆の話は一度も上がったことがない。

「へぇ……」

「邦衛とそっくりなんで驚いた」

邦衛も清隆も父親の血を強く受け継いでいるようだ。

「そうか」

「会ったらびっくりするぜ」

「僕とよく似ているの、何人かいたからな」

意外というか、当然だというか、性格を考えたらどちらかわからないけれども、邦衛は異母兄弟の容姿を覚えているようだ。

「清隆くん以外にもよく似ている異母兄弟がいたのか？」

「ああ……」

清衛の愛人の数と子供の数を思い浮かべた明人は納得した。

「ま、いっぱいいるもんな」

「明人、清隆には関わるな」

あまりにも淡々とした口調だったので、明人は一瞬何を言われているのかわからなかった。

「……え？」

「清隆に近寄るな」

邦衛の双眸《そうぼう》と身に纏っている空気には明らかな怒気があった。

「もしかして、妬《や》いているのか」

邦衛の独占欲はいつでもどこでも誰相手でも発揮される。明人は苦笑を漏らしながら、ホットミルクに口をつけている邦衛を見つめた。

「わかったな？」

邦衛の怒りが一段と大きくなったような気がしたので、明人は宥《なだ》めるような口調で言った。

「お前の異母弟だろう」

邦衛に異母弟という免罪符はなかった。

「清隆とは二度と口をきくな」

「俺にはお前しかいねぇよ」

「それでいい」

邦衛があまりにも尊大な態度を取ったので、つい口から出た。「お殿様」と。

口についたマヨネーズを紙ナプキンで拭《ぬぐ》っていると、目の前を小さな男の子が大声を張り上げながら走っていった。

「まぁくん、早く〜っ」

「りょうくん、待ってよ〜っ」

まぁくんとりょうくんの足の速さはだいぶ違う。

「早く来いっ」

「待ってよ。待ってくれないとお嫁さんにしてやらないから」

足の遅いほうの男の子の言葉に明人は目を丸くした。

足の速いりょうくんは唇を尖《とが》らせながら立ち止まって、真っ赤な顔で走ってくるまぁくんを待つ。

「カバを観《み》に行こう」

「うん」

二人は手を繋《つな》いだ。そして、そのまま走りだす。

「あの子たち、お嫁さんの意味を知らないんだろうな」

幼い頃、多くの男の子が言うように、明人も『ママをお嫁さんにしてあげる』と言っていた。

邦衛も同じようなことを母親に言っていた時期があるらしい。

「あの頃、僕はもう知っていた」

「それで、俺を愛人にする、か？」

「男同士は結婚できないから」

「ま、そうなんだけどさ」

明人と邦衛が初めて会ったのは、それぞれ母親の胎内にいた時だ。明人の母親である沙智子と邦衛の母親である祥子は、大きくなったお互いの腹部を指しながら、生まれてくる子供たちについて語り合ったという。

まだ見ぬ子供を豪快に笑い飛ばしたのは沙智子だ。

『男の子だって。タヌキの息子だからやっぱりタヌキかしら』

沙智子と祥子は遠い親戚《しんせき》だが、家庭環境はまったく違う。沙智子は公務員の娘で平凡なサラリーマンと結婚した。ちょっとでも気を抜いたら赤字になりそうな家計をやりくりするどこにでもいる専業主婦だ。

代議士の娘である祥子は資産家の室生清衛と結婚させられた。いわゆる、政略結婚である。

沙智子と祥子の立場は違うが姉妹のように仲がよかった。同じように、生まれてくる子供たちも背負っているものが天と地ほど違っても、最高の親友同士になるだろう。生まれる前からそう言われていた。

母親たちの予想どおり、明人と邦衛はいい遊び相手になった。

明人は今でも鮮明に覚えている出来事がある。

桜の季節、見事な日本庭園を持つ室生家はいつもより華やかで、明人の心もどこか弾んでいた。

庭に造られた流れには桜の花弁が何枚も浮かんでいる。池のほうから琴の音《ね》が響いてきた。

『明人、走っちゃ駄目』

明人は沙智子の注意など聞かずに、邦衛を捜してひた走る。しかし、あまりにも庭が広すぎて、なかなか邦衛が見つけられない。

『邦衛く〜んっ、来たよ〜ぅ。どこにいるの〜っ?』

明人が大声で叫びながら風流な橋を渡り終えると、無邪気な笑みを浮かべた邦衛が姿を現した。和服姿の邦衛は大邸宅に似つかわしい若殿様だ。

『明人くん、邦衛くんはこっちだよ』

あの頃、邦衛は自分のことを「邦衛くん」と言っていた。誰からも「邦衛くん」と呼ばれていたからだ。

『どこに隠れていたんだ。早く出てこいよ』

『ケーキ食べる?』

『食べる』

『こっちだよ』

邦衛に手を引かれて明人は歩きだした。

満開の桜が咲き誇っている時期に、室生家では花見が行われる。本日は内輪の花見なので、明人の家族も呼ばれた。昨日は財界人や政治家など、そうそうたるメンバーが集い、室生夫人である祥子は一時も気を抜く暇がなかったという。だが、祥子にとってはこの内輪の花見のほうが辛《つら》いかもしれない。

八人の着飾った美女が清衛を取り囲んでいた。

綺麗《きれい》な女性がたくさんいるので楽しくなってしまうのは、明人の男たる所以《ゆえん》だろう。たとえ、幼くても。

『お姉ちゃんがいっぱいいいる』

『うん、愛人』

明人は邦衛から『愛人』という言葉を聞いたことがあるので知ってはいるが、意味はまったくわからない。誰に聞いてもどういう意味か教えてくれないのだ。

『愛人？』

『お父さんの愛人』

『ふぅ〜ん？　あ、邦衛くんがあっちにもいる』

加賀友禅《かがゆうぜん》の着物を身に纏った女性の隣には、邦衛とよく似た面差しを持つ小さな男の子がいた。それが清隆だ。

『邦衛くんの異母弟だよ。邦衛くんはお兄ちゃんなんだ』

『そっか』

清衛の愛人たちを見つめる沙智子の顔は般若《はんにゃ》のようだった。タヌキと仇名《あだな》される夫に宥められても青白い炎を身に纏っている。

側室を何人も持った先祖と同じように、室生家第十七代当主の女性関係は若い頃から華やかで、祥子という正妻を迎えた後も落ち着く気配はまったくない。少しでも気に入った女性が現れたら口説き、その場で落とし、莫大《ばくだい》な金で囲う。女性が妊娠したら産ませるし、ちゃんと認知もする。養育費もきっちりと振り込む。そんなことが何度も繰り返されていた。清衛自身、スマートな紳士なので女性を魅了する。莫大な財産と地位もあるのでなおさらだ。

正妻である祥子がいるこの場に子供を連れてきている愛人もいた。

祥子が嫁《とつ》ぐ前から清衛には三人の愛人がいたし、すでに認知している子供もいた。邦衛より年上の子供も同い年の子供もいる。

祥子は嫉妬心《しっとしん》をいっさい表に出さない。また、清衛も祥子は正妻として大事にしていた。

愛人たちも程度の差はあれ、己の立場を決して逸脱しない。

本日の花見は特別なのだ。ゆえに、愛人や子供は本宅へ招待された。

『明人くんは邦衛くんの愛人になってくれるって約束したよね』

明人は男の子だからお嫁さんにできない。ゆえに、明人を愛人にする。そう言ったのは邦衛だ。沙智子と祥子はそれぞれの立場のコメントを出した。女として生きるほうが幸せになるならば性転換させてもいい、と明人の邦衛の愛人入りを真剣に考えたのは、夫の安月給と毎月闘っている沙智子だった。

『うん』

『指きりしよう』

『うん』

嘘《うそ》をついたら針を千本飲むという約束をした後、明人は満足そうに笑っている邦衛に尋ねた。

『それで、愛人って何？』

『邦衛くんの愛人になったら、明人くんに明人くんの欲しいものなんでも買ってあげる。何が欲しいの？』

愛人という意味をきちんと把握しているのか、いないのか、どちらか不明だが、邦衛は明人に説明しない。その代わり、条件を口にする。愛人に対する父親の言動を知っているのだろう、金で美女を囲う邦衛はバブルオヤジそのものだ。

幼い明人は欲しかったものを告げた。

『自転車が欲しい』

『うん、邦衛くんの愛人になったら自転車いっぱい買ってあげるね』

明人は己の欲望に忠実だった。

『今すぐなる』

『じゃあ、今日からずっと邦衛くんのそばにいてね』

『うん』

嬉《うれ》しくてたまらないといった風情《ふぜい》が漂っている邦衛は、明人の手をぎゅっと握った。

『おうちに帰っちゃ駄目だよ』

『うん』

明人と邦衛の会話を聞いていた沙智子の顔は思い切り歪《ゆが》んでいた。祥子の苦悩が邦衛の言動に表れているからだ。

祥子は絶世の佳人で清衛の愛人に美貌《びぼう》で劣ることはない。薄い藤色《ふじいろ》の友禅を着こなしている祥子は誰よりも優雅な貴婦人だった。

『祥子、あの人は来ていないの？』

二人の世界を作っている明人と邦衛を眺めながら、沙智子と祥子は小声で話した。

『あの人？』

『お殿様の初めての愛人よ』

『ああ、静子《しずこ》さん……』

清衛は十代の頃に家政婦として室生家に勤めていた南山《みなみやま》静子に手をつけた。静子は清衛より七歳年上で子供はいない。美人とは言《い》い難《がた》い女性だが、清衛からは特別として扱われている。静子は子宮外妊娠で出産できない身体になり、前夫から離婚を言い渡されて、おとなしく従った。将来、清衛の子供を妊娠することもない。

『あのおばちゃん、見ないんだけど』

『静子さんがここにいらっしゃることはないわ』

静子はいかなる時も正妻である祥子を立てていた。祥子が嫁いで以来、室生家の敷居を跨《また》いだことはない。

『愛人の鑑《かがみ》？』

『そうね』

満開の桜の前で微笑《ほほえ》む祥子は幻想的なまでに美しかった。彼女はどこか儚《はかな》くて脆《もろ》い。沙智子は祥子と張る美女だがタイプがまったく違う。彼女は生命力に溢《あふ》れている。息子たちもそれぞれ母親の気質を受け継いでいるようだ。

邦衛はどこかしら脆い。

明人はなんだかんだ言いつつも、いろいろな意味で逞《たくま》しい。

どこか遠い目をした明人は、ポテトを食べている邦衛に言った。

「俺は悠子さんみたいな愛人はいやだ。静子さんみたいにじっと耐え続けるのも冗談じゃない」

「わかってる」

清衛の血を色濃く引き継いでいる邦衛は、どこまでわかっているのだろうか。邦衛の表情も口調も淡々としすぎているので、明人は計りかねる。

「ちゅうか、愛人はいやだな」

「男だから結婚できない」

「結婚できなくてもいいから正妻にしろ」

結婚できないのに正妻どころの話ではないが、明人の言っている意味を邦衛はちゃんと気づいている。

「うん。僕は一生君を大事にする」

「そろそろ、しような」

目的語を言わなくても邦衛に通じた。

「僕だってしたいんだよ」

照れくさそうに微笑んだ邦衛に、明人の胸が熱くなった。

「じゃ、しような」

「うん……」

邦衛に手を握られた明人は無性に照れくさくなって、木々の間に見えるキリンに視線を流す。

閉園時間を知らせる音楽が流れるまでゾウを眺めた。

「邦衛、時間だ」

「ああ……」

駐車場の隣に雑貨屋のような趣《おもむき》のある酒屋がある。普段ならば話題にもしないのに、邦衛は吸い込まれるように入っていった。

「邦衛？」

明人も邦衛を追って一風変わっている酒屋に入った。

各地の地酒がいたるところに飾られている。ディスプレイが凝っているので、商品の酒瓶が装飾品に見えた。動物園に隣接しているせいか、さまざまな動物の形をした酒瓶がある。花器が焼酎《しょうちゅう》の瓶というフィリカとネベリアクラスターとイタリアンベリーのアレンジメントが見事だった。

「可愛い」

邦衛はゾウのワインボトルとゾウの日本酒をレジに運んだ。

ゾウ・コレクションの仲間入りするものが二つ増えた。単純にそう思った明人は、邦衛が店主に告げた言葉を聞いて腰を抜かしそうになった。

「店に飾ってある酒瓶を全部ください」

「……はい？　全部ですか？」

店主も冗談のような注文に驚いている。邦衛はいたって真面目《まじめ》だ。

「そうです」

「はぁ……」

「車で来ていますから持って帰ります」

店内に飾ってあるすべての酒は車に入りきらない。明人は邦衛に向かって思い切り凄《すご》んだ。

「無理だっ」

「じゃあ、半分送ってもらう」

邦衛は欲しいものはすぐに手元に置きたいという男だ。せっかちなコレクターである。

「どうしていきなり酒なんか……まさか、酒にハマったのか？」

「酒瓶が可愛い」

「酒……酒瓶？　酒瓶？」

邦衛は人並みに酒を飲めるが好きではない。酒にハマったのではなく酒瓶というものにハマったようだ。邦衛の性格からして、普通の瓶には見向きもしないだろう。

「酒瓶が面白い」

「面白い？」

「ああ、酒瓶が面白い」

昨日届いたばかりの巨大なゾウのぬいぐるみが、明人の目の前を過《よぎ》った。

「ゾウ、あのでかいゾウはどうするんだーっ」

明人の絶叫を邦衛は平然と聞き流した。


アジアン調の飾り棚に陳列されていた酒瓶を、邦衛《くにえ》は車に詰め込んで持って帰った。あとの酒瓶は宅配で送られてくる手はずになっている。店主は邦衛の豪快な買いっぷりに度肝を抜かれたようだが大喜びし、おつまみのサービスをたくさんくれた。

「メシ、食うか」

邦衛は夕食に七本のたくあんと四本の栄養ブロックを摂《と》った。明人《あきと》はレトルトのカレーを食パンで食べた。自分一人のためにわざわざ白米を炊く気が起きないのだ。

邦衛はリビング・ダイニング・ルームを占領しているゾウに見向きもしない。いつものことだが、あまりの冷たさに明人は泣きたくなってしまう。

酒屋の店主から貰《もら》った柿《かき》の種《たね》を食べていると、インターホンが鳴り響いた。来訪者は立《たっ》良《よし》だ。

「こんな時間に悪い」

立良から逸品の純米大吟醸《じゅんまいだいぎんじょう》と芋焼酎《いもじょうちゅう》を受け取る。酒豪の彼らしい手土産だ。

「そりゃ、構わないけどさ、どうしたんだ？」

「ちょっと、話がしたくて」

照れくさそうに伏し目がちに言った立良に、明人は心の底から驚いた。記憶にある限り、立良が話をしたがるなんて今までに一度もなかったからだ。頼られているような気がして、明人は嬉しくなってしまう。

「いいぜ」

明人は立良を巨大なゾウのぬいぐるみがあるリビングに通した。一階にある和室には本日邦衛がハマった酒瓶が並んでいるからだ。八畳あるが、とてもじゃないが語り合えない。

「……ゾウ？」

立良は部屋の真ん中にいる実物大のゾウにひどく驚いていた。

「うん」

「生きているゾウじゃなくてよかったな」

邦衛ならやりかねないことを立良はポツリと言った。明人自身、そのように自分で自分を慰めている。そうでもしないとやってられないのだ。

「お前もそう思うか？」

「ああ……」

「ま、座れよ」

以前ならばソファに座らせたが、今はフローリングの床だ。大きなクッションを立良に渡した。

「どれでも好きなの食ってくれ」

明人は酒屋のサービスで貰った段ボールいっぱいのおつまみを、ゾウから視線を逸《そ》らさない立良の前に置く。チーズかまぼこにスルメ、ピスタチオ、アーモンド、あられ、チーズのおかき、コンソメ味のポテトチップス、明人はやけくそのように段ボールの中から取りだした。

「こんなにどうしたんだ？」

「酒屋のサービスだ。邦衛が酒瓶にハマったんだよ」

ワインのコレクターはよく耳にするが、酒瓶のコレクターもいるのだろうか、と明人は思った。が、もう、そういうことは深く考えない。考えても無駄だからだ。

「酒瓶？　酒にじゃなくって？」

「ああ、酒瓶を嬉《うれ》しそうに眺めている」

邦衛は明人の隣で酒屋から貰ったパンフレットを開いている。明人と立良の二人の話に入る気配はない。ただ単に、明人と立良の二人きりにさせたくないから、この場所にいるのだろう。

「酒は飲むものだと思うが」

酒が好きな立良に酒瓶を眺める趣味はない。

明人も酒瓶を眺めて楽しいとは思わなかった。飲んでこそ、酒だ。

「俺もそう思う」

「わざわざ酒瓶じゃなくても普通の瓶でいいんじゃないのか?」

「酒瓶じゃないと意味がないそうだ」

明人が邦衛のこだわりを言うと、立良は唸った。

「ん……」

「わけがわからないだろ」

「ん……まぁ……でも、今までのに比べたらまだわかるコレクションかな」

邦衛は塗《ぬ》り箸《ばし》に凝ったこともあるし、クリップに凝ったこともある。偏食の歴史と同じように統一性はなかった。

「そうかもしれない」

明人は三つのグラスに氷を入れた。炭酸で割るのが明人と邦衛だ。立良は割り物なしで飲む。

乾杯をした後、立良はおもむろに切りだしてきた。

「邦衛、智史《ともふみ》さんと会ったんだろ?」

乾杯後、邦衛は再び酒のパンフレットに戻ってしまったし、立良の視線も炭酸で割った芋焼酎を飲む明人に注がれている。

明人は海苔《のり》で巻いたおかきに手を伸ばしながら軽く答えた。

「ああ、綺麗《きれい》な人だったな」

「それで、邦衛、智史さんに……」

珍しく、立良が言い淀《いよど》んでいる。

何を言いたいのか、明人にはわかった。

「ああ、こいつは病気なの、病気、今治療中だから勘弁してくれ」

「邦衛に口説かれた智史さんはどうだった？」

「どうだったって？」

明人は立良に聞き返しながら、空になったグラスに焼酎を注《つ》いだ。二杯目の炭酸の割合は少なめだ。

「智史さん、嬉しそうだったのか？」

つい、明人は立良の顔をまじまじと見つめてしまった。

「立良……」

「ん……？」

気まずそうな立良は、グラスに残っていた焼酎を一気に飲み干した。明人の頰《ほお》が緩んでくる。

「立良、可愛《かわい》い男だったんだな」

「………」

「お前でも妬《や》くことがあるのか」

照れくさいのか、立良は明人の視線から逃れるように焼酎に走る。凄《すさ》まじい勢いで飲み続けた。

「明人……」

「妬け、盛大に妬きやがれ」

立良は自分で自分の感情を持て余しているようなフシがあった。その気持ちは明人にも覚えがある。

明人は三杯目を飲みながら答えた。

「まぁ、お前が妬くようなことはなかったよ」

「智史さん、ちゃんと断ったんだな?」

邦衛が智史を口説いた時のことを明人は脳裏に浮かべた。智史が返事をする前に、明人が邦衛を腕力で止めたのだ。

立良相手に嘘《うそ》は言わない。

明人はあったことを偽らずに告げた。

「智史さんが断る前に俺が邦衛を殴り飛ばした」

「明人が殴り飛ばしたのは智史さんから聞いた」

楽しそうに喋《しゃべ》っていた、と立良が独り言のようにつけ加える。

「智史さん、なんか、邦衛に対して余裕だった」

「そうか……」

「あの人となんかあったのか？」

何もないのにこうやって立良が訪ねてくることはあるまい。自分に何ができるかわからないが、とりあえず、なんでも聞いておきたかった。

「ん……」

一度思い出したら脳裏に焼きついた智史の美貌《びぼう》が頭から離れない。明人は純粋な興味で智史の職業が知りたくなった。

「あの人、何やってる人か聞いていいか？」

「ん……」

口ごもる立良を見て、明人は頭を掻《か》いた。

「悪い、今のは忘れてくれ」

「いや、お前ならいいか、あの人は裁判官だ」

立良は新しいグラスに純米大吟醸を注いだ後、いつもより心なし低い声で恋人の職業を明かした。

「……は?」

「あの人は裁判官なんだ」

予想だにしていなかった智史の職業に明人は目を丸くした。

「裁判官?　あの人が?」

「俺も聞いた時はびっくりした」

「自称・裁判官じゃなくて本物の裁判官?」

夏休みや冬休みのリゾート地では、桐蔭義塾《とういんぎじゅく》の大学生と偽って女の子をナンパする輩《やから》が多いと聞いている。桐蔭義塾大学がナンパ成功率の高い大学名だからだ。

「それは間違いない」

「あんな綺麗な人が裁判官?」

縁がなかったせいか、裁判官といえばすべてにおいてお堅いイメージしかない。絶世の麗人が法廷にいる姿は、どんなに努力しても想像できなかった。

「普段は黒縁のメガネをかけている」

黒縁のメガネにどれほどの効力があるのか不明だが、明人は雅紀《まさき》が言っていたことを思い出した。

「そういえば、雅紀が言ってたな。智史さんが着ているスーツは地味だし、腕時計も安物だって」

「ああ、生活自体は地味だ」

智史は飲み歩いたりせず、せっせと立良のアパートに通っている。立良の部屋から地裁に行く日も多い。

「そうなのか……で、あの人はもともとホモなのか？」

「嬉しそうだな」

雅紀に『ホモ率が上がって嬉しいんだろ』と指摘されたことがあるが、あたらずといえども遠からずだ。

「いや……」

「智史さん、十六歳でデビューしたそうだ。以来、男だけ」

立良の言い回しが今一つわからない。

「デビュー？」

「智史さんがそう言ってたんだ。男相手の初体験が十六だそうだ」

デビューの意味を知った明人はグラスを持ったまま頷《うなず》いた。それでいうならば、自分はまだデビュー前だ。

「なるほど」

「俺の前にいろんな男がいたそうだ」

立良は悔しそうに華やかな香りのする純米大吟醸を飲み干した。

明人が知る限り、今まで立良に彼氏どころか彼女もいなかった。だが、同情する気はまったくない。いくら智史が経験豊富だといっても邦衛を上回ることはまかり間違ってもないだろうから。

「邦衛よりはマシだろう」

「ああ、邦衛ほどひどくない」

邦衛を知る立良はあっさりと認めた。

「お前の前に十人や二十人……いや、三十人や四十人ぐらいの男がいたって気にするなよ」

邦衛の女遍歴と男遍歴を走馬灯のように思い出した明人は、振り切るように氷を入れた新しいグラスに光沢のいい純米大吟醸を注いだ。炭酸で割らない。

「明人、お前のその感覚がもう間違っているような気がする」

同情が含まれている立良の指摘に、明人はグラスを持ったまま天を仰いだ。

「そうかもな」

邦衛と長年つき合っていると、どこか麻痺《まひ》してしまうのかもしれない。

「智史さんは二十人もいなかったようだけどだいぶ派手だったらしい。素性がバレないように上手《うま》く遊んでいたようなんだけど」

「それ、誰から聞いたんだ?」

「如月《きさらぎ》さんっていう智史さんの高校時代の友達」

先週の週末、智史の友人が経営しているバーに立良は行った。つき合い始めの恋人同士だというのに、智史と立良は滅多に外を出歩いたりしない。智史が立良と出歩くことを避けている気配があるという。だから、誘われた時はとても嬉しかったそうだ。

カウンターでシェーカーを振っている如月は会話が洒落《しゃれ》ていて楽しい男だった。しかし、智史がトイレに立った時、やけに同情的な目を向けてきた。

『真面目《まじめ》で純情そうだから言っておく。あんまり、智史に深入りするなよ』

『どういうことですか?』

如月はとても辛そうな顔で答えた。

『智史は君と全然違う。あまりにも合わない』

『はい?』

『智史の男遊びは凄《すご》い。半端《はんぱ》じゃないんだ。次から次へと、毎回連れている男が違う』

『…………』

『職業柄か本人の性格か、どっちかわからないんだけど……う～ん、両方じゃないかと思うんだけどさ、智史は誰とも深くつき合わないんだよ。相手には後腐れのないタイプを選んでいる……あ、帰ってきた。この話はここまで』

どこか遠い目をしながら、立良はその時のことを語った。だいぶショックを受けているらしい。

「それで?」

それがどうした、が明人の正直な意見だった。これも邦衛というエゴイストの影響だろう。第三者からあれこれ言われるぐらいで揺れていたらきりがない。

「それでって……」

明人の反応が意外だったのか、立良は戸惑っている。

明人は鼻で笑い飛ばした後、純米大吟醸を飲んだ。純米大吟醸の原料は米と米麹《こめこうじ》だけ、精米五十パーセント以下という吟醸造りで仕上げた最高級の日本酒は、五臓に染み渡《しわた》るような気がする。

「過去の男なんてしょうがねぇじゃん。お前と会う前なんだから気にするな。あ、もしかして、今も智史さんに他の男いるの?」

「それはない」

立良はきっぱりと言い切った。

「そうだろ? お前は講義に起きていられないほど、毎晩何回も何回もヤりまくってるんだろ? お前以外に男がいたらすげぇ」

過去なんて気にしても仕方がないのだ。今、智史が自分の腕の中にいるのだからいいじゃないか、明人は心の底からそう思った。

「明人、そのな……」

立良はなんとも言《い》い難《がた》い表情で言い淀んでいる。

明人は邦衛を基準にして物事を考えてしまった自分に気づく。こめかみを押さえながら立良に詫びた。

「すまん、俺は確かに感覚が狂ってる。邦衛に比べりゃ、誰でも可愛いよな」

聞いているのか聞いていないのかわからないが、邦衛は一言も口を挟むことはなく、パンフレットを見続けている。彼のグラスに注いだアルコールは減っていない。

「ああ、ここまでひどいのはいない」

「俺、趣味悪いよな」

立良につられるようにして酒を飲んでいるせいか、普段ならば言いそうにない言葉が自然と漏れた。

「でも、俺が嫌いな性格じゃない」

立良だけでなく明人や雅紀が一番許せないタイプは決まっている。表では親しいそぶりを見せていて、裏では根も葉もないことを言いふらしたり、さまざまな妨害をするような輩だ。二枚舌を駆使したり、必要以上の自己弁護に長《た》けている人間も生理的に受け付けなかった。

多かれ少なかれ、人にはそういうところがあることはわかっている。

明人にも腹の底では煮えくり返っていても、顔では笑っていた時が何度もあった。それはもう学校という組織の中でも必要な処世術の一つだ。

しかし、邦衛には本心に反する言動が呆《あき》れるほどなかった。邦衛は滅多に人を嫌うことはないが、嫌いな者には言葉を交わすどころか近づくことすらしないし、視界に入れようともしない。よくも悪くも徹底していた。

「ああ、こいつには裏表がない」

邦衛には裏の顔も表の顔もない。いつでもどこでもエゴイストの邦衛だ。

「嘘《うそ》もつかないし、人の足も陰で引っ張らない」

「ひどい奴なのにな」

ひどい奴だが好きだ、というなんともやるせない気持ちが明人の顔に出る。立良も切なそうな目で邦衛を語った。

「正直すぎるんだよな」

「……で、智史さんの話だよな。別れ話なんて出ていないんだろ？　そんなそぶりでもあるのか？」

明人は思いついたように話を元に戻した。

「そういうのはないと思うんだが、俺は誰かとつき合うのが初めてなんでわからない」

智史が別れのシグナルを出していても、生真面目ですべてにおいて初めての立良は気づかない。そんな自分を立良はちゃんと知っている。

「その時が来たら、智史さんのことだから、きっぱりとフってくれるよ」

明人は思ったままのことをズバリと言った。

「………」

立良の目に悲しみを見て、明人は右手で謝罪のポーズを取った。

「すまん、フラれたくないんだな」

「そういうことだ」

開き直ったのか、立良は胸を張って堂々と言った。

「フラれないようにするにはどうしたらいいか、なんて俺に聞いても無駄だぞ」

明人が顔を歪《ゆが》めながら言うと、立良は何度も頷いた。

「それでさ、裁判官って転勤が多いんだ」

「そうなのか？」

「智史さんも二、三年の間隔で転勤している。今は東京地裁だが、前は宮城《みやぎ》にいたそうだ」

「は……」

智史の赴任地を聞いた明人は目を見開いた。

「そろそろ転勤の辞令が下りてもおかしくない」

「智史さんから聞いたのか?」

「やりきれない事件を扱っているとイライラするのかな、たまに愚痴を漏らすんだ。もちろん、どの事件だとか誰とかいうのはまったくわからない。智史さんもわからないように話す。俺も新聞を見てもわからなかったしな。そういうことは話すのに肝心の転勤の話は一度もしない」

転勤の辞令が下りる前から話し合う必要があるのか、と明人はツッコミそうになったがやめた。立良が将来を見据え、こつこつと努力している男だからだ。おそらく、予定になかった同性の恋人との将来を真剣に考えているに違いない。どんなに田舎の両親が嘆いても智史との恋を貫くつもりだ。

「は……」

「そのうち別れるっていう大前提で俺とつき合っているのか?」

立良や明人には大人のゲームのような恋愛はできないが、あの智史にならばできるような気がする。明人は返事などできない。

「俺に聞くなよ」

「すまん」

忌々《いまいま》しそうに酒をあおった立良の心中は手に取るようにわかる。

「いや、智史さんに聞きたくても聞けないか」

「ああ、聞けない。それに、あの人は三十三歳、俺より一回り年上なんだ」

智史の若々しい外見から歳《とし》が想像できない。せいぜい二十代半ばだ。驚愕のあまり、手にしていたグラスを落としそうになってしまった。

「若く見えるな」

「俺は子供に見えるらしい」

三十三歳から見れば二十一歳の大学生は子供かもしれない。明人にしろ、三十三歳の社会人は大人に思える。だが、邦衛と関係のあった男女の別《わか》れ際《ぎわ》の醜態も知っているので、あまり大人とも思えなかった。

苦虫を噛《か》み潰《つぶ》したような立良の顔を見れば、智史にどれだけ子供として扱われているのか、明人は聞かなくてもわかる。気の毒というより可愛くなってしまって、ニヤリと笑ってしまった。

「でかい子供」

「ああ……」

明人に茶化されているのがわかっているのか、立良の表情はますます険しくなった。

「あんまり耐えても馬鹿《ばか》を見るだけだぞ」

「まぁ、決定的なことは何もないからな。とりあえず、自分でもわからない」

年上の恋人に対する想《おも》いが強すぎて、立良はいらぬ取り越し苦労をしているようにも見える。どちらにせよ、明人は智史という人物をよく知らないので何も言えない。

「俺はお前が幸せそうに見えるけど」

「寝る時、智史さんは俺のを握ったまま寝る」

なんでもないことのように立良は平然と言った。記憶にある限り、立良と下半身関係の話をしたことはない。

「どこを握ったまま寝るんだ？」

わかってはいるが、聞かずにはいられなかった。つい、智史が摑《つか》んでいるだろう場所に視線を流す。

「結構痛い」

真面目な顔で話す立良に、笑いが込み上げてくる。

「幸せそうにしか思えねぇけど？」

「俺たち、ヤってるだけなんだよ」

いいじゃないか、俺たちなんかまだそこまでいってねぇんだよ、と心の中で明人はくだを巻く。

「よかったな」

「ヤリ友っていうヤツ？」

ヤリ友という感じはしない。遊びなれているという智史ならば、立良のような生真面目な男をヤリ友に選ばないだろう。

「知らねぇよ」

「たまには女と遊べ、なんて言うのは別れるっていうサインか？　俺には全然そんな気ないって言ってるのに」

智史がいる立良は、もうどんな魅力的な女性にも興味を持たない。

「知らねぇよ。ノーマルで純朴なお前をホモの道に引きずり込んだ負い目でもあるんじゃないか」

「そんなこと……」

身体を何度も重ねている立良は大きな不安で揺れていた。一向に前に進まない明人も複雑だ。急ピッチで飲んだせいか、立良が持ってきた純米大吟醸と芋焼酎が空になった。

「酒なくなったな」

「酒はうちにいくらでもある」

明人は和室に行くと、邦衛が買ったばかりのコレクションの中から吟醸酒と特別純米酒を取った。

「明人、それは邦衛のコレクション」

「酒は飲むもんだ。邦衛、貰うぞ」

パンフレットを熱心に眺め続けている邦衛が口を開く前に明人は吟醸酒の封を切った。邦衛は購入リストに明人が口を開けた吟醸酒と特別純米酒を加える。酒瓶に惚《ほ》れたのだが、中に酒が入っていないと駄目なのだ。こだわりのコレクターである。

その後も立良と明人はうだうだとお互いに言い続けた。

「あ、そろそろ智史さんが来る」

酒臭い立良は恋人がやってくるアパートに帰っていった。なんだかんだ言って、立良は幸せそうにしか見えない。明人はチーズかまぼこを齧《かじ》っている邦衛に凄んだ。

「邦衛、俺は複雑だ」

「明人?」

「もう、何をどう言ったらいいのかわからない」

明人は邦衛に凄まじい勢いで抱きついた。邦衛が手にしていた齧りかけのチーズかまぼこが床に転がる。

「どうしたんだ?」

「どうしたもこうしたもないんだよ」

「酒臭い」

つい先ほどまで酒豪の立良に張り合うほど飲んでいた。気分自体はとてもよくて空でも飛べそうだ。

「そりゃ、飲んだから」

「酔ってる?」

「あれぐらいで酔うか」

明人は邦衛の薄い唇に己の唇を強く押し当てた。

邦衛はキスを拒むことはしない。

自分でもわけがわからないけど、邦衛を見つめていると涙が溢《あふ》れてくる。本当にもうどうしようもないほど好きなのだ。

「明人? 泣いているのか?」

「なんとかしろ」

明人は邦衛の身体をフローリングの床に押し倒した。左右の手と足で邦衛の動きを封じ込める。

「…………」

「俺もヤりたいんだよっ」

身体を繋《つな》げたら何かが変わってしまうのかもしれない。邦衛の言うとおりこのままのほうがいいのかもしれないが、どうしたって切ない。立良と恋人の話に触発されたわけではないが、いろいろと考えさせられてしまった。

「…………」

「ヤる、ヤらせろ、ヤれっ」

二人の関係が変わってもいいし、変わらなくてもいい。もう、どちらでもいいから邦衛が欲しかった。一時だけでもいいから自分のものにしたい。

「明人……」

「お前としたい」

明人の潤んだ目から流れた涙が邦衛の頬に落ちる。邦衛は戸惑っているようで切れ長の目が揺れていた。

「俺、お前を見てると泣きたくなるんだ」

「………」

「誰かを口説いているお前を見たらムカついてしょうがないのにな」

二人きり、お互いにお互いしかいない時、邦衛を見ると胸が苦しくなった。生まれる前からの知り合いで、空気のような関係だとお互いの母親に喩《たと》えられたというのに。

「そんなに泣かないでくれ」

邦衛は明人の涙にうろたえているようだ。珍しく、表情が曇っているし、声音も掠《かす》れている。

「自分でもわけがわかんねぇ」

「僕だって明人を見ていると苦しくてたまらない」

「いつか突然僕の目の前からいなくなってしまいそうで」

知らなかった邦衛の内面に触れて、明人の潤んだ目が大きく見開いた。強張《こわば》っていた身体から力が抜けていく。

「お前が？」

「お前でもそんなこと思うのか」

「僕のほうがずっと君のことが好きだよ」

身体がゆっくりと返されて、明人の背中がフローリングの床に当たったところで止まった。邦衛の手があったので衝撃はない。

明人の頰を流れる涙が邦衛の唇によって掠め取られた。

「好きなら態度で示せ」

明人は邦衛の背中に左右の腕を絡《から》める。

「示してる」

「俺にもわかるような態度で示してくれ」

「僕は君が思っているよりずっと君が好きだから」

明人の口を塞《ふさ》ぐように邦衛の唇が合わされた。明人は邦衛の身体を思い切り抱き締める。そこで邦衛の身体が震えていることに気づいた。

唇が離れていった後、明人は邦衛の顔を覗《のぞ》き込《こ》む。

「邦衛、震えているのか？」

「わかるか？」

心なしか青ざめている邦衛は、自分が震えていることを隠そうともしなかった。

「ああ……」

「実は……」

「うん？」

恐ろしいほど真剣な顔で邦衛は心情を吐露した。

「怖いんだ」

邦衛の気持ちを聞いて、明人の心と身体が一際《ひときわ》熱くなった。邦衛への積年の想いが込み上げてきてたまらなくなる。

「そんなの、俺もだよ」

「どんな僕でも嫌ったりしない？」

「俺にはお前しかいねぇから」

明人は微笑《ほほえ》むと邦衛の頰に唇を寄せた。

翌朝、明人《あきと》は自分のベッドで目を覚ました。腕枕《うでまくら》をしている邦衛《くにえ》は安らかな寝息を立てている。

いつもと同じ朝ではない。

誰に尋ねるわけでもない、明人は独り言のようにポツリと呟《つぶや》いた。

「どうして俺は裸なんだ?」

明人は何一つ身につけていない自分の身体《からだ》を、霞《かすみ》がかかっている目で眺めた。覚醒《かくせい》させるように目を擦《こす》ってから、邦衛の裸身も確かめる。

動いた拍子に、腰に鈍い痛みが走った。今まで一度も経験したことのない種類の痛さである。

「まさか……」

明人は昨日まで自分の身体になかった赤い跡に気づいた。鎖骨や胸、脇腹《わきばら》などに花弁のようなキスマークがある。虫に嚙《か》まれた可能性はない。

「もしかして……」

思い当たった明人はベッドサイドにあるゴミ箱の中を見る。昨夜《ゆうべ》を物語る物的証拠が残っていた。

昨夜、ずっと望んでいた行為があったようだ。

「俺は……俺は……俺は……」

明人は必死になって昨夜の記憶を手繰《たぐ》った。

酒豪の立良《たつよし》と一緒に酒を飲んだことはきっちりと覚えている。不覚にも邦衛を見て泣いてしまったことも覚えている。邦衛を押し倒そうとしたことも覚えている。邦衛が緊張していたことも覚えている。

それなのに、肝心のところから覚えていない。アルコールを飲みすぎたせいか、途中で記憶が飛んでいるのだ。

邦衛はどんな顔で今まで越えられなかった一線を越えたのか、邦衛はどんな言葉を囁《ささや》いたのか、自分はどうだったのか、何一つ、まったく覚えていないのだ。

ただ、邦衛を逃すまいとしがみついていたことは覚えている。愛《いと》しくて愛しくて、おかしくなるくらい邦衛が愛しかったことも覚えていた。

邦衛を思うだけで身体が熱くなる。

「こんなのありかよ？」

明人は邦衛の綺麗《きれい》な寝顔に向かって呟いた。彼の肩には噛まれた跡がある。明人が噛んだのだろう。

よく見たら、左右の腕に歯形が五つもある。脇腹にも噛まれた跡があった。

「俺は噛みまくったのか？」

いったい何をしているのか、記憶のない明人は情けなくなってしまった。シーツに顔を押し当てながら日本酒と焼酎《しょうちゅう》のちゃんぽんを後悔する。

だが、後悔しても遅い。

二度と初めての夜は戻らない。

「明人、起きたのか?」

明人の動作で邦衛は目を覚ましたようだ。鍛え上げられた邦衛の身体がやたらと目に眩《まぶ》しい。

「ああ」

「おはよう」

「ああ」

邦衛の唇が近づいてきたので目を閉じた。唇に触れるだけの淡いキスが落とされる。

「昨夜はありがとう」

同じベッドで過ごした後は誰に対しても優しいのか、邦衛の目と口調がいまだかつてないほど甘いので、明人は言葉に詰まってしまった。

「明人?」

「ん……」

言うべき言葉がまったく見つからない。

「僕がいやになったの?」

昨夜のことを気にしているのか、邦衛の不安そうな表情を見た明人は思い切り首を左右に振った。

「違う」

あまりのマヌケっぷりに自分がいやになっているだけだ。

「痛い？」

昨夜のことは何も覚えていない、と告げることが明人にはできない。明人は全身全霊かけて嘘《うそ》をついた。

「痛くない」

明人は最高の笑顔を浮かべながら腕を振り回したのに、切れ長の目を細めている邦衛は念を押した。

「本当に？」

「痛くない、だからまたヤろうなっ」

終わったことをどんなに悔やんでも仕方がない。要はこれからだ。

「ありがとう」

明人の申し出が嬉《うれ》しかったのか、邦衛は照れくさそうに微笑《ほほえ》んだ。こんなに可愛《かわい》い邦衛を見たことがない。

ますます自分がいやになって落ち込みそうになった。

「あ……」

ポロリと漏らした明人は、邦衛に顔を覗《のぞ》き込《こ》まれた。

「明人?」

「うん……」

「ずっと泣いていた」

アルコールを飲むとテンションが高くなるのは雅紀《まさき》だ。ゲラゲラと大声でよく笑う。彼はいわゆる笑い上戸であった。

明人は今まで飲んで泣いたことなどない。どちらかといえば笑い上戸だと思っていた。泣き続けていたということは泣き上戸なのだろうか、明人は知らなかった自分の一面に触れる。

「そっか」

「泣き顔が可愛かった」

明人は邦衛の前で涙を流したりしない。

「そ、そっか?」

「僕以外の奴に見せないでくれ」

なかなか踏み切らなかった邦衛は明人の涙で揺れ動いたのか、邦衛が身に纏《まと》っている空気がこれ以上ないというくらい甘い。

「ああ」

「目が腫《は》れてる」

邦衛の唇が泣き明かして腫れた明人の目に触れた。

「俺、お前に噛みついたんだな。痛かっただろ」

「構わない」

「右腕にも左腕にも引っかいた跡がある。悪い……」

何やら、改めて見ると邦衛の身体には無数の生傷がある。腹部には殴打《おうだ》の跡が三つもあった。犯人が誰なのか、尋ねなくてもわかっている。甘い夜の後ではなくて大乱闘の後のようだ。

「いや……」

「傷だらけだな」

「別に……」

邦衛の背中に走る派手なみみず腫れを何本も見つけた時は頭を抱えた。

「邦衛、すまん」

「全然構わないから」

俺は途方もなく危ない奴じゃないのか、という思いが明人の脳裏を過《よぎ》った。落ち込んでもなんの役にも立たない。次だ、次、次がある、と明人は心の中で力んでもいた。

いつまでもベッドの中にいるわけにはいかない。

明人はベッドから出て、シャワーを浴びた。何か気怠《けだる》くて仕方がないのだ。自分の裸体をしげしげと見つめ直す。顔と身体が火照《ほて》ってきたので冷たい水のシャワーを浴びた。

「冷たっ」

晩秋に水のシャワーはさすがに寒かった。

髪の毛を拭《ふ》きながらリビング・ダイニング・ルームに行くと、おつまみを探っている邦衛がいた。

「どうした?」

「チーズかまぼこ、もうないのか?」

昨日、酒屋で貰《もら》ったおつまみの中にチーズかまぼこが含まれていた。普通のチーズかまぼこだけでなくピリ辛タイプのチーズかまぼこもあったはずだ。

「チーズかまぼこ?」

「美味《おい》しかった」

これで明人にはわかる。そう、邦衛にすべてを聞かなくてもわかるのだ。

「チーズかまぼこにハマったのか」

昨夜、なんの気なしに手を伸ばしたチーズかまぼこにハマった邦衛がいた。たくあんよりもカロリーはあるだろう。これからチーズかまぼこの日々を送るだあろう邦衛を、明人は止めない。いや、止めようとしても止められない。

コーヒーを飲んだだけでスーパーマーケットに出かけて、邦衛は店にあったチーズかまぼこをすべて買った。それだけでは満足できないらしく、コンビニにも寄ってチーズかまぼこを買い占める。

「明人もチーズかまぼこを食べよう」

邦衛はいつもと同じように、ハマリ食べ物を明人にも食べさせようとする。

「俺もチーズかまぼこは好きだけどさ、チーズかまぼこしか食わないのはやめてくれ」

「痩せないようにする」

「そうしてくれ」

「でも、僕より明人のほうが細い」

淡々とした口調で反論を試みる邦衛を、明人は目を吊《つ》り上《あ》げながら一言で切り捨てた。

「俺はちゃんと食ってるから」

家に戻るや否《いな》や、酒屋から酒が届いた。こちらにもサービスで段ボールいっぱいのおつまみがついている。

「いったい何本あるんだ?」

明人は和室に並んだ酒瓶に圧倒された。

「日本酒って瓶が面白い」

「そうかな？」

「面白いだろう」

邦衛は辛口の大吟醸酒《だいぎんじょうしゅ》の瓶を手にした。明人はその大吟醸酒の瓶のどこが面白いのかわからない。なんの変哲もない一升瓶だからだ。強いて言えば、ラベルのロゴが凝っているぐらいだ。

「そうか？」

「よく見ろ、面白いだろう？」

酒瓶に面白いという形容をつける邦衛の感覚に、いまさら思い悩むことはない。ゴリラを愛くるしいと言ったのは他でもない邦衛だ。

「どこが面白いんだ？」

「ここのラインとかここ」

邦衛は一升瓶特有のラインを長い指で指している。

「ん……」

「こっちの瓶も面白いだろう」

邦衛から立良の出身地で造られた地酒を明人は向けられた。

「ああ、こっちは地酒か？　なんとか焼きの瓶みたいだな」

「これも面白いだろう」

「樽酒《たるざけ》か」

「明人、あれも見てくれ」

「ま、酒だったらいいか。飽きたら立良が喜ぶ」

すでに明人は邦衛が酒瓶に飽きた時のことを考えていた。口を開けていない酒瓶ならば喜んで引き取る輩《やから》がいる。明人にしても酒が好きなので苦にはならない。

「明人、何？」

「いや……」

身体を重ねた後でも二人の関係は変わらない。邦衛は今までどおりの邦衛で、明人に対する言動も同じままである。

明人もそうだ。もっとも、明人は肝心のところが記憶にないので変わりようがないのだが。

その夜はおやすみのキスをしただけで何もしなかった。ただ、二人は同じベッドで深い眠りについた。

翌日の月曜日の大学では、久しぶりに晴れやかな雅紀《まさき》の顔を見た。目の下のクマが消えている。

「果歩《かほ》の調子が戻ってきたみたいだ」

邦衛《くにえ》から告白を受けて自信を取り戻したのか、邦衛をフったことでメンツを取り戻すことができたからか、果歩の束縛が目に見えて緩くなったという。生死についてもいっさい話題にしなくなった。

「よかったな」

「ああ、このまま復活してほしい」

「果歩ちゃんは邦衛に口説かれたことをお前に言ったのか？」

雅紀にどこまで果歩が話したのか、明人《あきと》が尋ねると、雅紀はニヤリと笑った。

「そんなの、言うに決まってるだろ」

邦衛を袖《そで》にしたことは、果歩にとって公にしないと意味がない。果歩は上目遣いですべて話したそうだ。

明人は愚問だったことに気づいた。

「そうだな」

「俺は邦衛を殴ったことになっている」

果歩から邦衛の話を聞いた雅紀は、怒髪天《どはってん》をつくほど怒らないといけない。雅紀は果歩の希望どおり怒りまくったという。

雅紀は手でペチペチペチペチと邦衛の頰《ほお》を軽く叩《たた》いた。

「俺は邦衛を三発殴った、そうしておいてくれ」

邦衛は切れ長の目を細めながら軽く頷《うなず》いた。必要ならば邦衛の顔に血糊《ちのり》でもつけたい気分だ。

「わかった。それで、もうこのままでいいのか？」

「自信さえ戻ってくれればいいいんだ。下手な小細工はしないほうがいい」

「そうだな」

「まずは自信だ」

「それと意地か」

「そんなところ」

どこでどうなるかわからないから、まだまだ気は抜けないかもしれない。だが、きっといいほうに向かっている。明人はそう確信していた。

「俺のほうからも相談がある」

「明人、なんだ？　邦衛が浮気でもしたのか？」

邦衛の浮気を相談しても無駄だ、邦衛は浮気をする生き物だ、と雅紀は歌うように続けた。

「あ〜っ、まぁ、邦衛がらみのことなんだが、ゾウのぬいぐるみを欲しがっている人、いないか？」

予想どおり、邦衛のゾウに対する愛情は塵《ちり》と消えた。最終的にハマリ物を処分するのは明人である。一般庶民代表としてはもったいなくて仕方がないが、活用できないものは捨てるしかない。

今回、ゴミとして捨てるに捨てられないゾウのぬいぐるみがあった。

「邦衛はゾウに飽きたのか」

ポン、と雅紀は手を叩いた。ゾウに心血注いでいた邦衛を雅紀もよく知っているので、説明はいらない。

「ああ」

「あのでかいゾウのぬいぐるみをどうするんだ？」

立良《たつよし》はリビングにいる巨大なゾウを見ているので、凛々《りり》しい顔を派手に歪《ゆが》めていた。

「だから、相談しているんだ。ぬいぐるみって捨てるの気がひけるんだよ」

かつて邦衛がハマっていたゴリラのぬいぐるみは明人が引き取り、プライベートルームにはゴリラ・コーナーがある。特別注文で作らせた三メートル大のゴリラのぬいぐるみもあった。邦衛の三十五番目の彼女からは『ゴリラの部屋』という名前までつけられてしまった。

明人のプライベートルームはゴリラに加え、新たにゾウまで招き入れる余裕がない。第

一、リビング・ダイニング・ルームを占拠している実物大のゾウをなんとかしたい。
「ぬいぐるみが好きな女の子って多いけどさ、ゾウだろう？　せめてウサギとかクマだったらなんとかなったかもしれないのに」

言っても仕方のないことを口にする雅紀を責める気にはならない。

明人もゴリラのぬいぐるみを片づける時に何度も思った。ウサギやクマだったらいくらでも貰《もら》い手《て》があったのだから。

「子供はぬいぐるみが好きだよな？」

立良が神妙な顔で確かめるように尋ねてきた。

「ああ、好きだと思う」

「ちょっと心当たりがあるから待ってくれ」

「頼む、運送代はこっちが持つから」

明人は立良に一縷《いちる》の望みをかけた。

邦衛は他人事《ひとごと》のように飄々《ひょうひょう》としているがいつものことだ。これぐらいで怒っていたら身が保《も》たない。

二度目、二度目、二度目、二度目、と明人《あきと》はさりげなく誘ったが、邦衛《くにえ》はまったく動じなかった。それでも、朝と夜には挨拶《あいさつ》のように触れるだけのキスが降ってくる。

邦衛にははっきりと言わないと駄目なのかもしれない。思い当たった明人はこれ以上ないというくらいきっぱりと言った。

「邦衛、今晩したい」

目的語を言わなくても通じた。いつもと変わらず、邦衛は平然としている。

「明日、ジムに行こうと言っていたのは誰だ？」

邦衛が指摘したとおり、明日はスポーツジムで汗を流す予定だった。

「あ、そうか」

いくら若いといえども、運動していないと筋肉は落ちるし体力も目に見えて衰える。明人と邦衛はかつて運動部に所属していたせいか、体力を落とすことには抵抗があった。明人にとって会費は辛《つら》かったが、体力維持のためにできるだけジムに通うことを心がけている。なかなか実行できないけれども。

その夜も同じベッドで寝たが、キスだけだった。

その翌日もそうだ。

「邦衛、ヤろう」

業《ごう》を煮《に》やした明人は邦衛に伸《の》しかかった。

「………」

「俺とヤるのいやなのか？」

明人が邦衛の身体《からだ》につけた歯形や生傷、みみず腫《ば》れの跡は今でも残っている。最中のことが記憶にないだけに不安でたまらない。

子供の頃、腕白坊主の名前をほしいままにしていた明人には、凶暴という形容もついていた。闘犬のような母から受け継いだ血だろう。長じて、凶暴さは影を潜めて根性と忍耐の男になったが、大切な夜に爆発したのかもしれない。

「そうじゃない」

邦衛は薄い微笑を浮かべながら否定した。

「じゃあ、どうしてヤんねぇの？」

「あんまり頻繁にしたら君は僕に飽きるかもしれない」

邦衛はどこまでも真剣だった。

「あ、飽きねぇよ」

「僕は君に飽きられたら辛い。少し時間を空けよう」

「お、お前は……」

こちらのほうも以前とあまり変わっていないような気がする。明人の恋は相手が相手だけに不条理だ。

あまりの寒さに分厚いジャンパーに袖《そで》を通した金曜日、雅紀《まさき》が教室で顔を合わせるや否《いな》や小声で囁《ささや》いた。

「果歩《かほ》に新しい男ができたようだ」

待《ま》ち侘《わ》びていた報告に明人はガッツポーズを取った。

「よかったな」

「下手な鉄砲も数打ちゃ当たるって言うんだっけ？　昔の人は偉いなぁ。確かに、数を打ったら当たった」

雅紀の目の下にクマはないし、頬《ほお》も削《そ》げていない。長めの髪の毛もさりげなくセットされている。レザージャケットの下はタイプの違うニットの重ね着、デニムパンツはジャストカヴァリ、首元と左手の薬指以外のアクセサリーは雅紀に似合う個性的なシルバー製品だ。本人に余裕が出てきたのだろう。

「誰に当たったんだ？」

「法学部の湯沢拓也《ゆざわたくや》、同じサークルで一年後輩の奴」

明人は雅紀が口にした一年後輩の学生に覚えはない。どこかですれ違ったことはあるかもしれないが、一度も言葉を交わしたことはないだろう。

「その拓也くんが果歩ちゃんを好きなんだな？」

「ああ、一目惚《ひとめぼ》れだったらしい。どうりで俺につっかかってきたわけだ」

「それで、拓也くんが果歩ちゃんを押したの？」

法学部の湯沢拓也は先輩の恋人である果歩に一目で恋をした。諦《あきら》めたりせずに虎視眈々《こしたんたん》と狙《ねら》っていたらしい。

邦衛をフったことで果歩は元の自分に戻りつつあった。そうなれば、自分に好意を抱いている男にはすぐに気づく。

拓也が自分に恋心を持っていると知ったら、果歩はさりげなく近づく。果歩は何も気づいていないふりをして拓也に優しく接した。

舞い上がった拓也は果歩を押した。

すでに、果歩は雅紀に隠れて拓也と何度か会っている。

「そろそろ来る」

雅紀は右の拳《こぶし》を固く握りながら力んでいたが、その時はすぐにやってきた。講義を終えて校門に向かうと、二人連れの男子学生が立っていた。一人は拓也、雅紀を待ち構えていたのだ。

もう一人は邦衛の異母兄弟である清隆《きよたか》だ。清隆は明人と邦衛に頭を下げた。清隆は拓也と友達らしい。付き添いといったところだろうか。

意志は強そうだがまだすれていない雰囲気を漂わせている拓也が、単刀直入に切りだした。

「雅紀さん、すみません。俺と果歩さん、つき合うことになりました」

夢に見た瞬間を迎えたが、雅紀は落ち着いていた。決して拓也に自分の本心を悟らせたりしない。

明人も顔に出さないように注意していた。

「果歩がそう言ったのか?」

「俺から雅紀さんに謝るって言いました」

果歩は決して男から恨まれるようなことはしない。言いにくいことはすべて拓也に言わせるのだろう。

「そうか、果歩がお前とつき合うって言ったんだな」

「俺が悪いんです。果歩さんは悪くありません。俺なんです」

拓也は必死になって果歩を庇《かば》っている。すべてを知っている明人は拓也がいじらしくて仕方がなかった。

「ああ……」

「気がすむまで殴ってください」

拓也はサンドバッグになる覚悟で雅紀の前に現れたようだ。清隆は拓也の少し後ろに立っているだけで一言も喋《しゃべ》らない。おそらく、殴られてボロボロになった拓也を連れて帰るのが清隆の役目なのだろう。

明人と清隆の視線が交差した。

申し訳なさそうなというか、苦しそうというか、清隆はなんとも形容しがたい顔で軽く頭を下げる。

つい、明人は苦笑を漏らしてしまった。

明人と清隆のアイコンタクトに邦衛の切れ長の目が鋭くなる。何かを言いかけたが、明人は邦衛の背中を軽くつねって黙らせた。目前では雅紀が失敗できない最後を演じているのだから、ここで邦衛に下手なセリフは言わせない。

「ここで？」

学生が行き交う校内で後輩に暴力を振るうわけにはいかない。雅紀のもっともな指摘に気づいた拓也はペコリと頭を下げた。

「人気《ひとけ》のないところに行きましょう」

「俺、暴力嫌いなんだ」

「は……」

「果歩がお前とつき合うことにしたんならしょうがねぇじゃん」

雅紀らしいセリフが、目を切なそうに細めている雅紀の口から出た。

「すみません、雅紀さんにはよくしていただいたのに……」

「これ、果歩に渡してくれ。俺は持っていられないから」

雅紀は左手の薬指にあった果歩とのペアリングを外すと、泣きそうな表情を浮かべている拓也に渡した。

「すみません、俺、サークルやめますから」

「構わない、じゃあな」

雅紀は今にも小躍りしそうなほど喜んでいるくせに、哀愁を背負ったフラれ男を演じていた。

明人も手を叩《たた》きたい気分だが唇を嚙《か》み締《し》めて渋面《じゅうめん》を作る。

校門を出ても誰も何も言わない。

一つ目の信号を渡った時、雅紀は口を押さえながら言った。笑うのを堪《こら》えているから苦しいのだろう。

「お前らのところで飲んでいいか？」

雅紀が飲みたがる気持ちは明人も痛いほどわかった。邦衛との二度目を密《ひそ》かに予定していたものの雅紀を優先する。

「いいぜ」

どこにも寄らず、そのまま明人と邦衛が暮らす家に向かった。

キッチンで立良《たつよし》が手料理を作る。満足な食材がないのに、美味《おい》しそうなおつまみが何種類もできた。

明人と雅紀は邦衛のコレクションを開けた。

「おう、金賞受賞の大吟醸《だいぎんじょう》にしようぜ」

「これ、スパークリングの大吟醸だって。こっちもいくか」

「邦衛、この限定品っていう秘蔵酒も貰《もら》うぜ」

邦衛は大切にしている酒瓶の封が切られてもまったく怒らない。それどころか、嬉《うれ》しそうだ。自分が気に入ったものを飲まれるのだから楽しいらしい。太っ腹なお殿様の美点であった。

長年の憑《つ》き物《もの》が落ちたかのごとく、雅紀は巨大なゾウが陣取っているリビング・ダイニング・ルームで笑いながら飲んだ。

「長かった。いつまで続くかと思った」

真夜中であっても泣いている果歩から電話がかかってくるのだから、雅紀は気の休まる暇などなかった。やっと今晩からぐっすり眠れるそうだ。

「よかったな」

「俺は今日を忘れない」

炭酸で割った高い日本酒を、雅紀は水のようにがばがばと飲み干した。明人も釣られるように炭酸で割った大吟醸を飲む。

「雅紀、後輩に彼女を取られた男だな」

不名誉な肩書ができてしまったが、そんなことは誰も気にしていない。雅紀は盛大に笑った。

「俺、可哀相《かわいそう》な男だな」

「可哀相じゃないけど可哀相だな」

「可哀相な俺に乾杯、拓也、ありがとう」

雅紀にしてみれば、それに尽きるらしい。晴れやかな顔でグラスを高く掲げた。

「拓也くん、果歩ちゃんがどんな女か知らないんだろうな。でも、果歩ちゃんなら最初から最後まで騙《だま》し通《とお》すから幸せか」

何が幸せで不幸せか、人それぞれだし、計り知れない。

「いい勉強だ」

「果歩ちゃんも元に戻ってよかった」

二度と邦衛のような男に傷つかないように、と明人は心の中で果歩に囁《ささや》く。

「ああ、元の果歩なら誰より強い。それより、あいつ、邦衛にそっくりだったな」

雅紀は拓也の背後にいた清隆にちゃんと気づいている。明人はトマトが入ったふわふわのオムレツを突《つつ》きながら笑った。

「ああ、清隆くんだろう。俺なんか邦衛と間違えたぜ」

「以前、邦衛の異母兄弟が法学部にいるって聞いたことあったんだけど、あいつのことだったんだな」

　さすがというべきか、雅紀の耳に清隆の噂《うわさ》は届いていたようだ。話題にしなかったのは、邦衛を思ってのことかもしれない。雅紀も明人と同じように一般庶民代表だ。愛人や異母兄弟という存在には、触れてはいけない気がする。

「聞いたこと、あるのか」

「女の子が噂してた。清隆もモテるみたいだぞ」

　あの容姿だったら女性の人気は抜群のはずだ。近寄りがたい邦衛よりすべてにおいて柔らかいので、清隆のほうがモテるかもしれない。

「そうだろうね」

「邦衛と全然違ってすごい真面目《まじめ》だってさ」

　動物園で感じた清隆の印象は当たっていたようだ。

「そんな気がした」

「おとなしいからあの見た目でも目立たないらしい。いや、目立つことが嫌いだって聞いたかな。だから、あんまり噂にならないんだ」

「ちょっと話しただけだったけど感じのいい子だった」

「清隆には女の影がまったくなし、全部丁重にお断りしているらしい。それも司法試験の勉強が理由だ」

明人も人のことを言えた義理ではないが、邦衛が勉強に勤《いそ》しんでいる姿など一度も見たことがない。それでもそこそこの成績を収めているのだから頭がいいのだ。

聞けば聞くほど清隆は邦衛と違った。

「涙が出るくらい邦衛と違うな」

「ズバリ言うわよ、ホモだ」

雅紀は意味深な笑みを浮かべながら、人気絶頂の占い師でもないのにズバリと言った。

明人は口に含んでいたアルコールを吹きだしそうになったが、すんでのところで耐える。

「まさか……」

「鏡を見ろ、ホモがいる」

お約束どおり、酒を飲むとテンションが高くなる雅紀は、ゲラゲラと笑いながら歌うように言った。

明人が鏡を見たら自分が映っている。

「雅紀……」

「右を見てもホモがいる」

右を見たら、男相手に恋をしている立良が生酒《きざけ》を美味《うま》そうに飲んでいる。

「あのな」

「右にもホモ、左にもホモ、清隆がホモでもおかしくないさ」

左では邦衛がチーズかまぼこを食べている。

「そうかな」

「あ～っ、最高っ」

彼女と手が切れて最高だと叫ぶ雅紀がとことん気の毒に思えた。今度はいい恋愛をしてほしいと密《ひそ》かに願う。

「次は頑張れよ」

「あ？　次？　もう当分の間、女はいい。懲りた」

果歩から受けたダメージは大きいようだ。雅紀から聞いていないだけで、もっと陰惨なことがあったのだろうか。

「懲りたか」

「懲りたって言っても男には走らないから」

「わかってる」

その日は飲み続けた。

飲み続けたのでベルトがきつくなってくる。明人はベルトを外し、雅紀はズボンまで脱いだ。

夜の十時半に二十三本目の日本酒を空けて、十一時に立良が作った夜食を食べた。雅紀の携帯にバイト先の友人から連絡があったのは十一時半だ。その後も雅紀の携帯は何度か鳴って、雅紀は明るい声で応対していた。女には懲りたと言っていたが、合コンの企画の話で盛り上がっていた。

立良の携帯の着信音が鳴り響いた。

発信元を確認した立良は携帯を持ったままリビングから出ようとするので、雅紀が口笛を吹きながら冷やかした。

「立良クン、誰からぁ？」

雅紀に続いて、明人も思い切り立良を茶化した。

「立良クン、ここで話せばぁ？」

「ここで話せないことを話すの？　愛してる、とか言っちゃうのかな～ぁ。ボクもぉ聞きたいな～ぁ」

「ボクも聞きたい～ぃ」

立良は横目で明人と雅紀を睨《にら》みながら携帯に応対している。間違いない、相手は愛《いと》しい年上の麗人だ。

「明日？　ちょっと待ってください。明人、明日の予定は？」

立良から言葉を向けられた明人は返事をした。

「何もない。ここで内職するだけ」

土曜日の講義は取っていないので休日だ。サークル活動はしていないし、バイトもしていない。

本来なら雅紀並みにバイトに勤しみたかったのだが、邦衛の常軌を逸した独占欲のために諦《あきら》めるしかなかった。邦衛の隣でせっせと内職に励んでいる。当然、お殿様は明人がどんなに納期に追われていても手伝ったりしない。床《とこ》の間《ま》に飾ってある人形のごとく、封筒に糊《のり》をつけている明人を見つめているだけだ。

「明日、ゾウのぬいぐるみを引き取りにくる。いいか？」

予期せぬ吉報に明人は舞い上がった。

「引き取ってくれるのか？」

「ああ、とても喜んでいる」

立良は携帯の向こう側にいる智史《ともふみ》に返事をした。何度か「はい」という返事をした後、携帯を切った。

「明人、明日の二時だ」

「智史さんがゾウを引き取ってくれるのか？」

あの智史にゾウのぬいぐるみを愛《め》でる趣味があるとは到底思えないが、明人は尋ねてしまう。

立良は携帯をフローリングの床に置きながら話しだした。

「智史さんの知り合いが児童養護施設の園長をしているんだ。子供が喜ぶから、いらないのならば欲しいってさ」

明人の目の前がぱっと明るくなったような気がした。邦衛のゾウ・コレクションにはゾウのぬいぐるみだけでなくいろいろなグッズがあるのだ。新品同様の品が多いので捨てるのがもったいなくて仕方がなかった。子供ならば喜ぶに違いない。

「ああ、そういうことか。ゾウのぬいぐるみだけじゃなくて、ゾウのオルゴールとかゾウの浮き輪とかゾウのクレヨンとかゾウの食器とかいっぱいあるぜ。子供なら嬉しいんじゃないかな」

「そうだな」

「ゴリラのぬいぐるみもあるぞっ」

「子供なら好きかな？　なんでも、女の子が多いらしい」

ゴリラの部屋にいるゴリラのぬいぐるみは可愛いとは言《い》い難《がた》い。明人は眉を顰《ひそ》めながら唸《うな》ってしまった。

「ん……」

「明日、智史さんと施設の人がここにやってくるからその時にでも」

「このゾウはトラックじゃないと運べないと思う。智史さんと施設の人は大きさを知っているんだな？」

明人は二十五畳あるリビングを圧迫しているゾウのぬいぐるみを指した。普通自動車では運送することなどできない。

「ああ、トラックで来るって」

話はちゃんと伝わっていたようだ。

「そうか」

「明日、起きられるか？」

フローリングの床だけでなく廊下にも転がっている空の酒瓶を交互に眺めながら、立良はもっともな懸念《けねん》を言った。

「今、二時か……」

明人は腕時計で時間を確かめた。浴びるほど飲んでいるがまだ飲めるし、眠くなってもおかしくないのに眠気がない。精神が高ぶっているからだろうか、夜はこれからだという気分だ。

真っ赤な顔の雅紀は純米吟醸酒を飲みながら、チーズかまぼこを黙々と食べている邦衛に絡《から》んでいた。

「俺はそろそろ帰る。智史さんが来るんだ」

立良は何時になっても恋人が来るとなれば帰っていく。明人も止める気はまったくなかった。

「確認させてくれ。明日、智史さんと養護施設の人がうちに来てくれるんだな?」

明人はアルコールで火照《ほて》った頬《ほお》を軽く叩きながら、重要な確認をした。願ってもない話なので綺麗にすませたい。

「俺も来るつもりだ。このゾウを運ぶのは大変だと思う」

無骨ながらも優しい立良の申し出に、明人は自然な笑みが漏れた。

「そうだな、邦衛はなんの役にも立たないし」

上にあるものを下にもしないお殿様がゾウを運ぶことは絶対にない。もとより、明人は邦衛を当てにしていない。

「智史さんも似たようなものだと思ってくれ。案内するだけで何も手伝わないと思う。いや、手伝ってもらったら余計に仕事が増えるだけだ。何もしないでいてくれるのが一番楽だ」

立良は智史についてこめかみを押さえながらコメントした。明人はどんな反応をすればいいのかわからなかった。

「はっきりいって、智史さんは日常生活のことは何もできない。何かしたら仕事に支障が出ると思う」

「そうなのか」

「邦衛ほどひどくないけどな」

何を話していても最終的にはこのセリフが飛びだすような気がする。返すセリフも決まっていた。

「そりゃ、ここまでひどい奴はいない」

もはや、このやりとりはお約束かもしれない。

雅紀にさんざん冷やかされてから立良は出ていった。

翌日、目を覚ますと明人《あきと》は自分のベッドで寝ていた。明人は自分の足で二階に上がった記憶すらない。

目覚まし時計は五時を示していた。

「朝の五時か？」

カーテンを開けると、窓の外には夕暮れの風景が広がっていた。朝の五時ではなく、夕方の五時だ。

智史《ともふみ》と養護施設の関係者との約束は二時だった。明人は真っ青になると、ベッドから飛び下りた。

「やばいっ」

明人はゴリラ・コーナーに視線を流す。小さなゴリラのぬいぐるみの一つたりともなくなってはいなかった。

「邦衛《くにえ》？」

隣にある邦衛のプライベートルームに主《あるじ》はいない。ゾウのコレクションがすべてなくなっていた。

「邦衛？　いないのか？」

一階に下りると、あちらこちらに転がしていた空の酒瓶がない。リビング・ダイニング・ルームに陣取っていた巨大なゾウのぬいぐるみもなくなっていた。

ゾウ・コレクションは無事に引き取られていったのだろうか、立良《たつよし》がすべて上手《うま》くやってくれたのだろうか、聞きたいのに誰もいない。

ダイニングテーブルの上に大学ノートの切れ端があった。『世話になった。バイトに行く』という雅紀《まさき》からの簡潔なメッセージだ。

「そういえば、朝一でバイトって言っていたよな。大丈夫なのか？」

何かに取《と》り憑《つ》かれたように飲んでいた昨夜《ゆうべ》の雅紀を思い出して、明人は肩を竦《すく》めた。自分もやたらと酒臭い。

「いったいどれだけ飲んだんだ？」

飲んだ酒量など思い出そうとしても思い出せない。明人も雅紀もよく飲んだが、それ以上に飲んだのが立良だ。邦衛は三杯しか飲まなかった。

いや、飲んだ量などいくらでもいいのだ。とりあえず、いるはずの邦衛がいないので不安になる。

「邦衛？　どこにいるんだ？」

酒瓶のコレクションが並んでいる和室を覗《のぞ》いたが、邦衛はいない。

昨夜、飲み明かしたせいか、コレクション数が目に見えて減っている。邦衛のことなので、すぐに酒瓶は増えるだろう。

「チーズかまぼこでも買いに行ったのか？」

明人は呟《つぶや》きながら、階段の下にある電話台に向かった。

邦衛の携帯の着信音を鳴らすと、リビング・ダイニング・ルームのほうで反応があった。

「あいつ、携帯を持って出ていないな」

リビング・ダイニング・ルームに行くと、昨日邦衛が着ていたジャンフランコ・フェレの上着がフローリングの床に脱ぎ捨てられたままだ。携帯は上着のポケットの中にあった。

「どこに行ったんだ？」

明人はバスルームからトイレまで見て回ったが、邦衛の影も形もなかった。

邦衛はサークル活動もしていないし、バイトもしていないし、習い事もしていない。一人で食事をするのが嫌いだし、一人で買い物に出かけるのも嫌いだ。スポーツジムも明人と一緒でなければ行かない。雅紀と立良以外に友達らしい友達はいないし、今は明人以外に恋人はいない。いつでもどこでも邦衛に明人はつき合わされた。邦衛が一人でどこに行ったのか、今となっては見当もつかない。

「コンビニでチーズかまぼこか？　酒屋で酒瓶か？」

自分ではまだ何もできない子供ではないからといって、放《ほう》っておくには危なすぎる男だった。邦衛はあまりにも浮き世離れしすぎていて、何をしだすかわからない。もどかしくてたまらないが、打つべき手がなかった。

明人は立良の携帯を鳴らす。

「立良に謝っておくか」

電源は切られていないが、いくら呼んでも出ない。友人といえども立良のスケジュールを把握しているわけではないので自信がないが、智史とつき合いだしてから土日にバイトは入れていなかったはずだ。

「智史さんといちゃついてる最中かな」

留守番電話に切り替わったので、明人はメッセージを吹き込んだ。とりあえず、本日の詫《わ》びだ。養護施設の関係者がどのような人か不明だが、作業の中心になったのは立良だと容易に想像できる。邦衛は何もしないし、智史も聞く限りでは何もできないだろう。

明人は風呂《ふろ》に入って昨夜のアルコールを抜いた。それから、トーストとゆで卵の食事をすます。

久しぶりにダイニングスペースからリビングスペースまで掃除機をかける。フローリングの床に落ちていた邦衛のマフラーを拾うと、立良のアパートの鍵《かぎ》があった。

「これ、立良のアパートの鍵じゃないか」

どうしてこんなものがここに落ちているのだろう、ゾウを運ぶ時にポケットからでも落ちたのだろうか、いつから落ちているのか判断はつかないが、立良のアパートの鍵であることは間違いない。善光寺《ぜんこうじ》のロゴが入った寺形のキーホルダーは、立良が母親から貰《もら》った旅行土産だ。キーホルダーのあまりのインパクトの強さに、明人と雅紀は目を丸くしてしまった覚えがある。

「あいつ、どうするつもりだ？」

立良は鍵がなくてどうしているのか、まだ気づいていないのか、一人暮らしの立良に玄関を開ける家族はいない。

立良のアパートまで歩いても十分ほどで着く。買い物がてら鍵を届けにいくのもいいかもしれない。ポストに入れておけばいいのだ。

明人は邦衛にメッセージを残してから家を出た。どこか物悲しい夕暮れ時の街並みを一人で歩く。

いつも邦衛が隣にいたので、一人で歩くことすら久しい。寂しいとは思わないが、清々《すがすが》しいとも思えない。なんとも言《い》い難《がた》い不思議な気持ちだ。

明人の顔を見ると、ちぎれんばかりに尻尾《しっぽ》を振るゴールデンレトリバーのマルシェに出会った。マルシェも散歩中だ。

「マルシェ、元気そうだな」

ワンワンワンワン、とマルシェは何か言っている。何を言っているのか知りたいがわからない。

顔見知りの飼い主の上品な中年女性の隣には似合いの夫がいた。休日ならではの光景だ。

「今日は一人なのね」

「はい」

マルシェの飼い主に邦衛の不在を指摘され、明人は思わず苦笑を漏らしてしまった。二人はセットらしい。

立良が住んでいるアパートが見えてきた。部屋は二階の右から三番目、明かりがついている。

「え？　いるのか？」

アパートの敷地内に入り、階段を上がろうとしたが、植え込み付近に座り込んでいる立良を見つける。

「立良？」

明人が声をかけても立良は無視している。いや、聞こえていないようだ。夕闇《ゆうやみ》で立良の表情は不明瞭《ふめいりょう》だが、目の焦点が定まっていない。

「立良？　立良？」

明人が大声で呼ぶと、立良はやっと我に返ったようだ。

「……明人？」

「お前、そんなところで何をしてるんだ？」

帰宅時間を守らなかったために罰として閉めだしを食《く》らった小さな子供、というわけでもないだろうに、座り込んでいる立良はやたらと弱々しい。

「…………」

「あ、鍵はうちにあった。リビングに落ちてたんだ」

立良が立ち上がらないので、明人が立良のそばに近寄った。善光寺のキーホルダーがついたアパートの鍵を立良に手渡す。

キーホルダーについている小さな鈴が鳴った。

「そうか」

魂の抜けたような表情で返事をした立良に、明人は戸惑うしかなかった。

「今、部屋に明かりがついてるぞ？　誰もいないのか？　いるんだろう？」

窓が網戸になっていたし、カーテン越しに人影が揺れていた。

「…………」

「立良？」

人の話を聞いているのか、聞いていないのか、どちらかわからないほど立良の反応が鈍かった。

「ああ……？」

「今日はすまん、俺は起こしても起きなかったのか?」

まず、明人は気がかりだったことを謝罪した。

「ああ……」

立良の口調はどこか一本調子で心がどこかに飛んでいるようだ。覇気どころか生気が感じられない。

「ゾウ、運んでくれたんだな?」

「ああ……」

「施設の人はどうだった?」

「とても喜んでいた」

元来、立良は邦衛と張り合うほど無口な男だがいつもと様子が違う。ひどく歯切れが悪かった。

「邦衛はどうしてた? やっぱ何もしなかったのか?」

ある程度の予想はつくが、あえて尋ねてみる。

「ああ……」

「邦衛、いないんだけどどこに行ったか知らないか?」

「………」

明人はとうとう核心を衝いた。

「立良、お前、おかしいぞ」

立良は苦しそうな表情を浮かべた後、自嘲《じちょう》ぎみに笑った。こんな投げやりな態度は見たことがない。

「そうか？」

「部屋に誰かいるのか？　智史さんか？」

明人は真正面から立良を見つめたが、視線を逸《そ》らされてしまう。その反応で答えたくないということはわかった。

「………」

「お前はどうしてこんなところにいるんだ？」

立良は植え込みからおもむろに立ち上がると、アパートの敷地内から出ようとした。

「……メシでも食いに行くか」

外食に誘われているのではなく、アパートから遠ざけられようとしているような気がした。

「お前んちでお前が作ったモンを食いたい」

明人は努めて明るい顔と声を作った。

返事ができないのか、返事をしたくないのか、立良は無言のまま固まっている。

「いったい何があったんだ？」

これ以上、何も話そうとしない立良から聞きだそうとしても無駄だ。そう判断した明人は階段を上がろうとしたが、立良の腕に引きとめられた。

「明人、待て」

「どうして？　智史さんがいるのか？　喧嘩《けんか》でもしたのか？」

ありうる予想を口にした。

「………」

明人が寝ている最中に、邦衛と智史は会っている。立良の苦しそうな表情から、あってほしくない予感が明人の脳裏を過《よぎ》った。

「立良、まさか……」

「………」

明人は立良に詰め寄ったが、目を合わせようともしない。

「まさか、あの部屋に智史さんと邦衛がいるのか？」

どうして邦衛と智史がよりによって立良の部屋にいるのか、明人は自分の心臓が止まったかと思った。

「メシでも食いに行こう」

顔を背けているので表情はわからないが、立良の声は掠《かす》れていた。

明人は立良の頬《ほお》を力の限り殴り飛ばした。

「何を言ってるんだ。智史さんと邦衛がいるんだな？　あの二人が同じ部屋にいてお茶飲むだけで終わるかよっ」

他でもない、あの邦衛とあの智史なのである。同じ部屋に二人きりでいたら、そんな気はなくてもそんな気になってしまうかもしれない。まかり間違っても、話だけですまないだろう。

立良は無言でいっさい肯定も否定もしなかった。

「そもそも、どういうことだっ？」

「冷静になれ、感情的になるな」

感情的になったらおしまいだ、と自分に言い聞かせるように言った立良を、明人は鼻で笑い飛ばした。

「冷静になっても同じだ。笑えないことは笑えない」

感情的だろうが冷静だろうが、見逃せないものは見逃せないし、許せないものは許せない。

「俺もわけがわからない」

「あったことをそのまま話せ」

明人は立良の襟首を締め上げながら、腹の底から絞りだしたような声で凄《すご》んだ。

「まず、その手を離せ」

腕力だけなら立良のほうが強いだろうに、明人の手を振り払ったりしない。口だけで引かせようとする。

明人は立良の首元から左右の手を離した。

「いっさいごまかすな。話せよ」

立良は辛《つら》そうに顔を歪《ゆが》めながら話しだした。

昨夜《ゆうべ》、智史に変わった様子はなかったという。普段と同じような夜を過ごして朝を迎えた。

約束の二時、邦衛と明人が住んでいる家の前で、立良は養護施設の関係者である名取英《なとりえい》悟《ご》と会った。

それから、インターホンをしつこく鳴らした。

玄関のドアを開けたのは予想外の邦衛だったという。

『ゾウを引き取りにきたんだ。明人は?』

立良の質問に邦衛は簡潔に答えた。

『寝てる』

『起こしてくれないか』

『可哀相《かわいそう》だ』

明人を起こすな、と邦衛に言われているような気がしたという。立良は明人を起こすことは諦《あきら》めた。

『わかった。上がらせてもらうぞ』

『ああ』

『邦衛、このリビングにあるゾウだな？』

立良はリビングの主《ぬし》と化していたゾウのぬいぐるみの腹部を軽く叩《たた》きながら、ポーカーフェイスで佇《たたず》んでいる邦衛に確かめた。

『ああ』

『どうやってここに入れたんだ？　玄関までの廊下、通らないんじゃないのか？』

『窓から入れた』

立良と英悟の二人で巨大なゾウをトラックに運んだ。肌寒い季節だというのに汗が全身から噴きでたという。おそらく、その時にアパートの鍵を落としたに違いない。

『邦衛、明人から他にもいらなくなったゾウがあるって聞いた』

『ああ、こっちだ』

邦衛に先導されて、立良と英悟は二階に上がり、おびただしい数のゾウ・コレクションを運びだした。

『新品のようなものがこんなにいっぱい、とても喜ぶと思う。ありがとう』

好青年を体現しているような英悟は、邦衛の手を取って感謝していた。見ていた立良も嬉《うれ》しくなってしまった。

『英悟と園長先生じゃこの大きいゾウは運べないだろう。立良、行ってやってくれ』

智史に言われた立良は二つ返事で引き受けた。英悟の運転するトラックに乗り込み、養護施設に向かったのだ。そこでちょっとした手伝いをしてから帰ってきた。

立良はどこか遠い目をしながら語った。

「子供たち、ゾウにとても喜んでいた。園長先生も感謝していたよ」

子供たちの喜ぶ顔に癒《いや》されたのか、立良の表情が少しだけ柔らかくなる。明人のほうも自然と微笑《ほほえ》んだが、その話は後でだ。

「それはよかった。だが、今はそういう話を聞いているんじゃない。お前はアパートに帰ってきたんだろ?」

「ここに帰ってきた時にアパートの鍵がないことに気づいた。でも、智史さんに合い鍵を渡しているんだ」

「合い鍵を渡していたのか」

「部屋の明かりがついているし、智史さんがいると思って、ドアを開けたら邦衛の靴があった」

部屋から、何を話しているのか内容はわからなかったが、智史と邦衛の話し声も聞こえてきたらしい。

「それでどうした？」

明人の質問に立良は明らかに動揺していた。

「どうしたって……」

「まさか、それで玄関のドアを閉めたんじゃないだろうな？」

明人が真正面から睨《にら》みつけると、開き直ったような立良はきっぱりと答えた。

「そうだ」

「馬鹿《ばか》かっ」

立良を殴りそうになったが、すんでのところで押しとどめた。明人は自分の身体《からだ》が怒りで熱くなっていくのがわかる。立良だけへの怒りではない。

「……………」

「そのままずっとここでへたり込んでいたんじゃないだろうな」

智史と邦衛が二人きりでいる部屋の下で、立良は虚《うつ》ろな目でどれくらい座り込んでいたのだろう。考えるだけで、明人は気が遠くなってくる。

「……………」

「そうなのか」

「ああ」

とうとう、明人は立良の頬に右ストレートを決めてしまった。

「馬鹿野郎っ、何してるんだっ」

「俺は何があっても智史さんと別れるつもりはない」

立良は殴られた左の頰を手で摩《さす》ることもしなかった。挑むような目で自分の心情を吐露する。

「それがどうした」

立良が智史と別れたくないということは明人も知っている。

「ここで乗り込んでみろ、別れ話になる」

立良は悔しそうに唇を嚙みしめた。

決定的な浮気の瞬間に立ち会えばどうなるか、想像に難《かた》くない。立良の取ろうとしている行動が手に取るようにわかった。

「つまり、気づかないふりをするのか？」

「そうだ」

「お前、わかってるのか？　この世にはラブホテルがいっぱいあるんだぞ？　男同士でもラブホテルに入ることができるのは実体験で知ってるよな？　どうしてわざわざ浮気場所をお前のアパートに選んだのか、考えてみろよ」

智史は邦衛との浮気を立良にバレても構わないと思っている。いや、もしかしたら、わざとかもしれない。智史は自分の浮気を立良に見せたいのだ。

明人はきつい現実を立良に叩きつけた。

「言われなくてもわかってる。あの人、俺と別れたいんだろう。俺に見せつけるためにここに邦衛を連れ込んだんだ」

立良も色恋沙汰《いろこいざた》には疎《うと》いが馬鹿というわけではない。智史の気持ちにはちゃんと気づいていた。気づいていたからこそ、植え込みでへたり込んでいたのだ。

「邦衛は自分から入ったと思うけどなっ」

低く凄んだ明人は、階段を凄まじい勢いで駆け上がった。後から血相を変えた立良が追ってくる。

「明人、待て」

「怒る時には怒る、妬《や》く時には妬く、殴る時には殴る、こんなことで我慢する必要はないっ」

浮気したら許さない、特に立良の恋人に何かしたら絶対に許さない、と明人は邦衛に宣言していた。見て見ぬふりなどできない。

「待てっ」

「俺はもう耐えるだけの毎日はまっぴらだ」

邦衛が邦衛だけに一度でも見逃したら終わりだ。堰《せき》を切ったようにハンターと化すかもしれない。

明人は大声で叫びながら玄関のドアを乱暴に開けた。

「邦衛ーっ」

想像していたとおりのシーンがあった。

部屋の中央に敷かれている布団《ふとん》には、しなやかな肢体を晒《さら》している智史がいた。窓辺では上半身裸の邦衛がペットボトルのミネラルウォーターを飲んでいる。ベルトは外れ、ファスナーも半分以上下がっていた。

「明人？」

邦衛はいつもと同じように淡々としていた。

「お前……」

「ん……？」

智史が魅力的なのは明人も認める。一目で参ってしまっても不思議ではない。だからといって、これはないだろう。明人がさんざん誘っても、断っていたのは邦衛だ。それなのに、外で何をしている。一度しただけで飽きたのだろうか。もう、飽きられていたのだろうか。

悪いほうにしか、今の明人には考えられない。

「お前……お前……お前……」

わかっていた。そう、何があったのかわかっていたのだ。それなのに、現実を目《ま》の当《あ》た

りにすると怒りで頭がどうにかなりそうだった。自分の身体が恐ろしいほど熱くなっているのがわかる。鎮《しず》めようとしても鎮められない。

「帰ろうか」

邦衛はペットボトルを卓袱台《ちゃぶだい》に置くと、ファスナーを上げた。

「帰ろうか、じゃないだろーっ」

明人はベルトを留めている邦衛の前に突進する。

「……え？」

浮気したら別れる、とは言っていなかった。

邦衛の浮気の危険性があまりにも高いからだ。

今も別れるとは言えない。立良と同じように浮気をされても邦衛とは別れたくないからだ。

しかし、笑って許せない。

特に、相手が立良の大事な人だから。

「馬鹿野郎ーっ」

明人は窓辺で立ち上がった邦衛の顔に怒りのすべてを込めた。そう、全身全霊かけて怜《れい》悧《り》な美貌《びぼう》を殴り飛ばしたのだ。

低い呻《うめ》き声《ごえ》とともに邦衛が網戸と一緒に落ちていく。

カーテンはひかれていたものの大きめの窓は閉められていなかったのだ。

不気味な音が窓の外から響く。

一瞬、明人は何が起こったのかわからなかった。目の前が真っ白、頭の中も真っ白、耳も聞こえなくなった。

「邦衛ーっ」

どこかで立良が叫んでいる。階段を下りるけたたましい音もどこからともなく聞こえてくる。

「明人くん、邦衛くんは浮気なんてしていないよ」

背後から智史の声が聞こえてきた。

そこでやっと自分を取り戻した。

「やばいっ」

窓の下を覗《のぞ》くと、倒れている邦衛に駆け寄る立良の姿があった。邦衛の身体はピクリとも動かない。

二階から落ちたらただではすまない。

「救急車を呼んでくださいっ」

明人が大声で頼む前に、智史が救急車を呼んでいた。

邦衛《くにえ》は幸い命はとりとめたし、大きな外傷もない。それなのに、意識が戻らない。邦衛が運ばれた病院で、明人《あきと》は生きた心地がしなかった。立良《たつよし》が買ってきた缶コーヒーをあける気力もない。明人は自分の取った行動を悔やみ続けた。悔やんでも今となってはどうすることもできないというのに。

邦衛が運ばれたICUの前の廊下に明人は座り込んでいた。

「立良を養護施設に行かせて、僕と邦衛くんは二人きりになった。僕は最初からその気で邦衛くんを誘ったんだ」

智史《ともふみ》がポツリポツリと邦衛とのことを話しだした。ノーブランドのセーターだが、白という色が近寄りがたい智史の美貌《びぼう》をいっそう引き立てている。

智史の隣にいる立良は仏頂面《ぶっちょうづら》で聞いていた。

「邦衛はあっさりとついていったんでしょう」

二度も一目惚《ひとめぼ》れした智史に誘われたら、邦衛は喜んだはずだ。自分のことなど忘れていたに違いない、という悲しい自信まで明人にはあった。

「ん……」

きっぱりと言い放った明人に、智史は戸惑っていた。

「あいつはそういう奴なんですよ」

邦衛がそういう奴だと気が遠くなるほど知っていても、明人はずっと好きだった。

「ああ、あっさりとついてきた」

智史は柔らかい微笑を浮かべながら認める。

聞きたくないが、聞かずにはいられないことを、明人は夢のように美しい智史に低い声で尋ねた。

「……で、ヤったんでしょう」

「僕はヤるつもりだったんだけどね」

智史は楽しそうに綺麗《きれい》な目を細めたが、立良の顔と身体《からだ》には隠しきれない怒りが漲《みなぎ》っていた。

「何回ぐらいヤったんですか」

一回でも二回でも三回でも四回でも五回でも、回数によって怒りの度数が変わるわけではないが、明人は優雅な麗人に聞いた。

「だから、一回もヤらなかったんだ」

智史は肩を竦《すく》めているが、明人は鼻で笑い飛ばした。

「そんなの嘘《うそ》だ。邦衛のことだから、ここぞとばかりにヤってるはずです」

「最初はそのつもりだったみたいだったんだけどね、一回もしなかったんだ」

邦衛は智史に誘われるまま、立良の部屋に上がりこんだ。敷きっぱなしになっていた布《ふ》団《とん》の上で二人は身体を重ねたという。

「邦衛、勃《た》たなかったとか？」

立良と何度も愛し合った布団に違う男を引きずり込む智史の神経を、明人はまったく理解できない。いくら、立良と別れたがっていてもだ。

「そうだったら面白かったのにね」

智史は声を立てながら笑った。

「智史さん、ちゃんと話してください」

「邦衛くん、僕のズボンを脱がすところで止まったんだ。『明人に怒られる』って」

「……え？」

何がそんなに楽しいのか、智史は軽く笑いながらその時のことを話した。

『明人に怒られる』

智史の身体を暴《あば》いていた手が急に止まった。

『邦衛くん、どうしたの？』

『明人に殴り殺されて焼き殺されて絞め殺される』

『殴り殺されたら焼き殺されるのは無理だと思うけど』

『明人が泣くからできない。あいつ、結構泣くんだ』

『なら、どうしてここについてきた？』

『好きだったから』

邦衛の特技ともいえる一目惚れは健在で、中でも智史には会うたびに一瞬で恋に落ちている。

『僕が好きならしよう』

『明人が泣くからできない』

『黙っていればいい』

邦衛は嘘がつけない男だ。

『駄目だ』

『どうして？　ここまできてそれはないんじゃない？』

智史は邦衛を自分の身体に集中させようとした。

『立良の恋人だけには手を出すなとも言われた』

『それ、いまさらじゃないか？』

『すみません』

『謝っても許してあげない』

その後も智史は自分で服を脱いで裸体を晒《さら》し、邦衛を煽《あお》ったという。だが、邦衛は避け続けたそうだ。

ない。


「逃げる邦衛くんが可愛《かわい》くって」

自分の恋人が他の人間に『可愛い』と笑われるのは正直ムカつくが、智史に文句は言わない。

「その気がないならどうして帰ってこなかったんだ」

邦衛という男をよく知っているだけに、何もしていないなんて信じられないけれど、信じたい気持ちがどこかにある。

邦衛は『明人が泣くから』と言って行為をやめた。『あいつ、結構泣くんだ』とも言ったという。

明人は邦衛の前で涙を流したことはあまりない。記憶にあるのは邦衛の母親の通夜《つや》と葬式に、バスケットボール部時代、試合に負けた時ぐらいだ。

あとは明人がまったく覚えていない初めての二人の夜だ。もしかしたら、泣きながら邦衛に何か言ったのかもしれない。最中、ずっと泣きっぱなしだったのかもしれない。

前回といい今回といい、浴びるほどアルコールを飲んだ自分に後悔した。

「僕が邦衛くんを帰さなかったんだ」

「え……？」

「立良が帰ってくるまでここにいろって言ったんだ」

植え込みで立良がへたり込んでいるなんて、智史は夢にも思っていなかったようだ。

「どうしてそんなことを……」

「邦衛くん、可愛いね」

皮肉でも嫌味でもない、智史は本当に邦衛を可愛いと思っているようだ。何をどのように言えばいいかわからない明人は無言で答えた。すると、明人は智史に宥《なだ》めるように髪の毛を梳《す》かれる。濡《ぬ》れた目でじっと見つめられた。

「大丈夫、邦衛くんは二階から落ちたぐらいじゃビクともしないよ」

「ベッドから落ちただけで骨折する人いますよね」

「大丈夫だ」

あの不条理な男が自分を理由に三度も一目惚れした麗人を断ったと知った明人の心は、大きく変わっていた。

どうしようもないほど胸が熱くなっているし、邦衛への愛《いと》しさも募っている。邦衛への想《おも》いが強すぎて、ここで時を止めたくなった。いや、ここで時を止めたくて仕方がない。

明人は真面目《まじめ》な顔で抑えきれない感情を口にした。

「このまま逝ってくれたほうがいいかもしれない」

「は……？」

智史は驚愕《きょうがく》で目を見開いているが、明人はどこまでも真剣だ。

「あいつは絶対に浮気する。血筋からして浮気しないほうがおかしい。もう浮気する生き物なんだ。今ここであいつが死んだら、俺はあいつに飽きられないし捨てられない。俺はずっとあいつを好きでいられる」

もしかしたら、今が最高の時なのかもしれない。この幸せな想いを抱いたまま時を止めたい。

邦衛の完治しそうにない病気を、いやというほど知っているゆえの、迸《ほとばし》るような切ない想いだ。

さすがの智史も言葉を失っていた。

「………」

「俺、殺人者でいい」

明人は心の底からそう思った。

死んだら僕のもの、と口では言っていても、いざ明人が生死の境を彷徨《さまよ》うとうろたえた邦衛とは違う。

邦衛と二度と会えなくても、話せなくても、抱き合えなくても、一向に構わない。心の中にいる愛しいだけの邦衛と永遠に生きていける。それもまた最高だ。

「明人くんは見かけによらず情熱的だね」

「情熱的？　そうですか？」

明人は自分が情熱的だとは思わないが、邦衛が二度と目を覚まさないことを密《ひそ》かに願ってしまった。すべて不条理極まりない男への愛ゆえだ。

「ああ、邦衛くんもそこまで愛されたら本望だろう」

智史は明人に優雅な微笑を向けた後、立良の肩を軽く叩《たた》いた。

「立良、綺麗に別れよう」

予想していた別れ話を智史から切りだされた立良は、鋭い目をさらに鋭くしながらつっぱねた。

「いやだ」

「僕と君は合わない」

「合わなくてもいい」

恋人の浮気現場に乗り込むことができなかった立良はどこにもいない。明人は無言で見守る。

「合わないのにつき合うのは辛《つら》い。僕はもう疲れた」

明人は智史が無理をしているように思えた。なんというのだろう、別れたくないのに別れたがっているようだ。

本当は別れたくないくせに、プライドとメンツだけで別れ話を切りだした邦衛のかつての恋人にどこか似ている。

智史のプライドとメンツを考えたが、明人は見当もつかなかった。さしあたって、立良は天と地がひっくり返っても浮気はしない。智史は繊細なガラス細工のように大切にされているはずだ。

「俺、全部智史さんの言うとおりにしているでしょう？　いったい何が不満ですか？　言ってくれないとわかりません」

凜《りん》としている立良の表情や声音は、別れたくない恋人に縋《すが》る年下の男ではない。智史はとても苦しそうだ。

「別れたい。僕の言うとおりにしてくれ」

「それ以外だったら智史さんの希望どおりにします」

「こういうのは、どちらかが背中を向けたら終わりなんだ。僕は君との関係に飽きた」

飽きた、と邦衛から言われたら、明人など返す言葉がないが、立良はまったく怯《ひる》まなかった。

「俺は別れない」

「子供みたいに駄々をこねるな」

智史の綺麗な目が曇ったが、立良は凜々《りり》しい顔立ちを歪《ゆが》めながら言い返した。

「子供だってさんざん言われていますからいまさらです」

「こんな時に逆手をとって」

苦笑を漏らしている智史に向かって、立良は堂々とした口調で言い返した。

「子供なんで別れたいなんて言われても知りません」

「立良、一度ぐらい女の子とつき合ったらどうだ？　可愛い子を紹介する」

「女の話はやめてください」

「今までは女の子が好きだったんだろう。女の子はいいぞ」

明人は智史が十二歳年上だったことをいまさらながらに思い出した。そう、智史から見たらいくら体格がよくても立良はまだ学生、子供なのだ。邦衛が十三歳の純情そうな男子中学生に手を出していたと知った時は背筋が凍った。その出来事と違うようで似ているかもしれない。

立良は中学生ではないがもともとノーマルで純情な男である。生真面目《きまじめ》な男を悪い道に誘い込んだという負い目があるのかもしれない。雅紀《まさき》も何かの拍子でそのようなことを言っていた記憶がある。

つい、部外者であることも忘れて、智史と立良の言い合いに口を挟んでしまった。

「智史さん、立良はまだ学生だけど中学生でも高校生でもありません。ホモの道に引きずり込んだとかいう責任を感じなくてもいいですよ。こいつは自分でハマったようなモンです」

明人の言葉を聞いた智史は一瞬にして人形のように固まった。立良も驚いたようで目を大きく見開いている。

「あ、図星ですか？　それだったら、今のうちに立良をまっとうな男女交際の道に戻してやろうなんていう考えは捨ててください。こいつはもともと女に縁はありませんでした。智史さんとつき合った後は女なんか見向きもしないでしょう。もう、完全なホモです。いっそ責任を取るなら、ホモにした責任を取ってずっとつき合ってやってください。こいつは絶対に自分じゃホモ相手も捕まえられないから」

明人が一気に畳みかけるように言うと、智史は困惑ぎみの表情を浮かべた。先ほどまでの余裕の男ではない。

「明人くん……」

「智史さん、そんなこと考えていたんですか？」

呆《あき》れ顔《がお》の立良が智史に詰め寄った時、ＩＣＵのドアが開く。中年の医者と看護師が出てきた。

「もう大丈夫です。明人くん、という方を何度も呼んでいるので、入ってあげてください」

二度と目を覚まさなくてもいい、と願っていた男が目を覚ました。意識を取り戻したのならばそれでいいと思う。これでよかったのだと。

明人は立ち上がりながら、今にも泣きだしそうな智史にトドメを刺した。

「邦衛の意識が戻っちまいました。邦衛は智史さんを見たらまた口説くと思います。そういうの、俺は許せないんで、立良とヤりまくっておいてください」

背後で立良が智史に何か言っているが聞く必要はない。明人は意識を取り戻した邦衛に声をかけた。

「邦衛、俺がわかるか？」

頬と額に傷があったが、時がたてば治るだろう。

「わかるよ」

「どうして俺に殴られたかわかるか？」

「何もしていない」

明人がいちいち説明しなくても邦衛はちゃんと理解していた。いつもの表情と口調で淡々と答える。

「うん、智史さんから聞いた」

「明人の誤解だ」

「でも、智史さんに誘われてついていったんだな。寝ている俺をおいて」

邦衛は身体では明人を裏切っていないが、精神的には一度浮気している。邦衛はなんでもないことのように答えた。

「ついていったけど何もしていない」

いけしゃあしゃあとしている邦衛に、明人の口元が歪《ゆが》んだ。

「服を脱がしているくせに何もしていない？」

「上だけ」

邦衛は智史のズボンも下着も脱がしていない。智史の話と合致する。

「キスしたのか？」

「…………」

「したんだな」

明人が低い声で凄《すご》むと、邦衛の怜悧《れいり》な美貌に陰が走った。

「それ以上はしていない。だから、泣かないでくれ」

明人の目は潤んでもいない。どんなに努力しても涙は流れないだろう。

「泣いてねぇよ」

「怒らないでくれ」

邦衛には愛しさしかない。

「怒ってねぇよ」

「驚いた」

邦衛が一言で表すならばそれも当然だろう。いきなり飛び込んできた明人に殴り飛ばされて二階から落ちて、気がついたら病院のベッドだったのだ。

明人は邦衛の手を握りながら詫《わ》びた。

「ごめん」

「次はもう少し優しく殴ってくれ」

明人は邦衛の薄い唇から出た言葉の意味に引っかかった。邦衛の口ぶりでは次もこういうことがあるようだ。明人にしろ、当然ながら邦衛を殴りたくて殴るのではない。

「次？　次？　また殴られるようなことをする気か？」

たぶん、深い意味で言ったのではないだろう、邦衛は無表情のまま何も答えない。繋《つな》いでいる手から邦衛の緊張を明人は感じた。

「もう二度と殴られるようなことはするな」

邦衛の返事がないのは、明人一人に絞る自信がないからだ。血筋なので仕方がないと明人は半分以上諦《あきら》めてはいるが許してやらない。きっちりと追い詰めておく。

「邦衛？　俺を選ぶんだよな？」

「ああ」

邦衛はいつもの表情と口調で答えた。いつもと同じように、明人を選ぶ邦衛に迷いはない。

「俺だけにしておけ」

無理だと思いつつも、明人は言わずにはいられなかった。祈るような気持ちで切ない願いを口にしたが、邦衛はなんの反応もしない。邦衛はトレードマークのポーカーフェイスで無言のままだ。

「はい、と言え」

邦衛に無理やりにでも言わせないと明人は気がすまなかった。

「はい」

「よし」

「明人、チーズかまぼこが食べたい」

あまりにも邦衛らしいので、明人は声を立てて笑った。その後、チーズかまぼこを買いに行った。

邦衛《くにえ》はICUから個室に移った。検査の結果はすべて異状なし、明日にも退院する予定だ。

室生《むろお》家十八代目次期当主が入院ともなれば、室生家の顧問弁護士の榊原《さかきばら》が病室にやってくる。

まず、明人《あきと》は室生家代表として目の前にいる榊原に詫《わ》びた。

「申し訳ございませんでした。俺が邦衛を殴り飛ばしたんです」

二階から一階に落とすつもりはなかった、という弁解はしない。

それどころか、誰に対しても自己弁護はいっさいしなかった。

母親の沙智子《さちこ》には鬼のように叱《しか》り飛《と》ばされたうえ、左右の頰《ほお》を思い切り殴られた。『祥子《しょうこ》が命をかけて産んだ子供に何をするのよっ』と。

今、明人の頰には沙智子手製の殴打《おうだ》の跡がある。

パートを休んで邦衛のもとに駆けつけた沙智子は、明人の母親であると同時に邦衛の母親でもあった。

「邦衛くんが明人くんに殴られるようなことをしたんでしょう」

理解があるというか、日頃の邦衛の不条理っぷりを知っているというか、榊原は若殿様を殴り飛ばした明人に同情しているようだ。

「は……」

「何があったのかは存じませんが、誰が原因なのかは想像がつきます。聞かなくてもわかりますよ」

喧嘩《けんか》でもしたと思われているようだ。理由はどんなに問われても答えたくないので助かる。

「ど、どうも……」

「邦衛くん、殺されずにすんでよかったですね」

榊原はベッドに横たわっている邦衛に微笑《ほほえ》みかけた。室生家のありとあらゆる揉《も》め事《ごと》を引き受けている顧問弁護士は、血筋に教育ができないことを誰よりも知っている。榊原は清衛《きよえ》にさんざん振り回されている最中だ。

「………」

榊原は無言の邦衛を見て、口元を綻《ほころ》ばせた。

「清衛さんは風邪《かぜ》をひいてしまって見舞いは失礼させていただきます。くれぐれも無理はなさらないでください」

「ああ……」

「今回のことは単なる事故です。なんの問題もありません」

「そうだ」

榊原は邦衛から明人に視線を流した。

「明人くん、沙智子さんから謝罪がございました。今回のことでわざわざ沙智子さんに連絡されたんですか？」

明人は面と向かって言われたことはないが、邦衛と自分は立場が違うことを子供の頃から肌で知っている。

「室生家のお坊ちゃんを病院送りにしちまったんで」

「ほかでもない明人くんです。何も気にしないでください」

榊原の言葉は清衛の意向でもある。

「はぁ……」

「それに、沙智子さんが叫んでいました。階段の最上段から飛び下りても平気だった邦衛くんが二階から落ちたぐらいではビクともしないはずだ、とね。邦衛くんの容態が悪くなったら医者の怠慢だからすぐに病院を替えろ、とも」

小学校に上がる前だったか、明人と邦衛は遊びで一緒に階段の上から飛び下りた。大怪《おおけ》我《が》をしたのが明人で、邦衛は奇跡的に掠《かす》り傷《きず》だけですんだ。

「子供の頃の邦衛、病弱だって言っていたわりに頑丈だったんですかね？　俺が血まみれになっても邦衛は掠り傷でした」

「池に落ちても無事だったとも息巻いていました。私も明人くんと邦衛くんが仲良く手を繋《つな》いで池に飛び込んだ日のことは覚えています」

小学一年生の春、室生家で催された内輪の花見の日、明人と邦衛は手を繋いだまま見事な錦鯉《にしきごい》が泳いでいる大きな池に飛び込んだ。意識を失ったうえに大怪我をしたのが明人で、傷一つなかったのが邦衛だ。

「はい、俺がヤバかったんです」

「エスカレーターから転がり落ちても平気だったと力まれました」

小学二年生の時だったか、明人は邦衛と手を繋いだままエスカレーターを上っていたのだが、バランスを崩して背中から転げ落ちた。悪運が強いのか、邦衛は掠り傷だけですんだ。そして、明人は救急車で運ばれることになった。

「その時も俺が危なかったんです」

振り返ると、明人は傷だらけの人生を送っていた。けれど、胃腸はとても丈夫だし、風邪も滅多なことではひかない。

「邦衛くんに何かあったら明人といえども許さない、とも叫ばれました。沙智子さん、相変わらずお元気ですね」

女に刺し殺される前にあんたが殺してどうするのよっ、と沙智子に明人は怒鳴られたものだ。

回診にきた主治医が大声に驚いて沙智子を止めなければ、明人はどうなっていたかわからない。両頬の往復ビンタ三連発ぐらいではすまなかっただろう。

「闘犬です」

「邦衛くんの第二の母です。私としては力強い限りです」

「は……」

「今後とも邦衛くんをよろしくお願いいたします」

「はい……」

榊原が帰った後、明人は呆然《ぼうぜん》としてしまった。

「邦衛、お前の性格が破綻《はたん》していてよかった……ってか？」

「僕の性格のどこが破綻しているんだ」

心外だと邦衛は反論するが、表情はあまり変わらない。こればかりは譲れない、と明人は真上から叩《たた》きつけるように言った。

「破綻しているだろう」

「していない」

「性格破綻者っていうのはお前みたいな奴のことを言うんだぞ」

「明人のほうこそひどいことばかり言う」

明人と邦衛の恒例となっているループ地獄にハマりそうになったが、控えめなノックの音で終わった。

「どうだ？」

チーズかまぼこだらけの買い物袋を二つ持った立良《たつよし》が顔を出した。

「明日には退院する」

「よかったな」

明人は立良から見舞品のチーズかまぼこを受け取った。細いチーズかまぼこに太いチーズかまぼこ、それぞれメーカーが違う。大好物の山を見た邦衛の表情は変わらないが、喜んでいるのが明人にはわかる。

「ああ、まぁ座れよ」

明人はポットのお湯で三人分のコーヒーを淹《い》れた。椅子《いす》に腰を下ろした立良とベッドの中にいる邦衛に、琥珀色《こはくいろ》のコーヒーを注《つ》いだ紙コップを渡す。

「明人……」

「ん……？」

邦衛のいるところでは話しづらいことだろうか、渋面《じゅうめん》の立良が言《い》い淀《よど》んでいるので、明人は立ち上がった。

「忙しいんだろ？　そこまで送っていく」

明人は庭で立ち話でもと思ったが、立良は苦笑を浮かべながら首を振った。邦衛にしても切れ長の目を眇《すが》めている。

「明人、ありがとう」

おもむろに切りだした立良は明らかに照れていた。

「ん……？」

「智史《ともふみ》さんと別れずにすんだ」

智史と立良が別れたと聞いたら、明人は腰を抜かさんばかりに驚いただろう。智史が立良を大事に想《おも》っていることはひしひしと感じたからだ。

「よかったな」

「俺はもう分別のつかない子供じゃない。明人の言うとおり、義務教育の中学生でもなければ高校生でもない。あの人が俺に対して責任を感じることなんかないんだ。あんなに気にしていたなんて知らなかった」

「あの人が真面目《まじめ》で純情なド田舎の青年を、ホモの道に引きずり込んだようなもんだからな」

「確かに俺はド田舎の男だが、別に真面目でもないし純情でもないと思うぞ」

恋人と二人きりでいる時は、真面目でもなければ純情でもないのだろうか。明人は智史と過ごしている時の立良を知らないので肯定しない。

「お前が真面目で純情じゃなかったら邦衛は人じゃないな」

「ん……」

「ま、邦衛のことはいいんだよ」

明人は自分で邦衛を引き合いにだしておいて引っこめた。

「ああ……」

「あ、でも、邦衛で一つだけ、邦衛は智史さんに利用されようとしたのか？」

智史との話をつき合わせていくと、邦衛のポジションがわかってしまった。

「らしい」

「そうまでして別れたかったのか」

立良の友人である邦衛を利用してまでも立良と別れたがった智史が、明人は何故《なぜ》か哀れに思えた。

「俺があまりにも真剣なんで怖くなったらしい」

立良は寂しそうに呟《つぶや》いた。

同い年だったならば、せめて歳《とし》がもう少し近かったならば、智史は立良に責任を感じることはなかったに違いない。立良が同性愛者だったら負い目も感じなかっただろう。

いや、そもそも、あの出会いだ。智史に一目惚《ひとめぼ》れして口説いたのが邦衛ではなく、立良だったならば、智史も思い悩まなくてよかったのかもしれない。

「真剣だと怖いのか」

「俺にだってわからねぇよ。あの人は激しく転勤があるし、職業も隠してつき合うことが多かったっていうし、むちゃくちゃ忙しいから、恋人ができても長くは続かない。だから、どんな男ともあんまり深くつき合わなかったんだってさ。とりあえず、俺とはヤバクなる前に終わらせたかったんだと」

「ヤバクなる前って、もう充分ヤバイと思うんだが」

立良にまっとうな男女交際に戻れそうな気配はない。智史にしても立良に本気になっているように思えた。

本気だからこそ、智史は怖くなったのではないかと、明人は踏んでいる。

「俺もそう思う」

「お前、次は浮気現場から逃げるなよ」

明人が意味深な笑みを浮かべながら高飛車《たかびしゃ》に言うと、立良は真剣な顔で頷いた。

「ああ、逃げない」

「肝心なことを忘れてた。お前の部屋から邦衛が落ちたわけじゃん？　アパートの大家さんに文句言われたか？　まさか、出ていけなんて言われていないよな？」

救急車がサイレンを鳴らしながらやってくるような出来事が起こったのだから、大家から立良に何かあってもおかしくはない。

アパートの住人の大半は桐蔭《とういん》義塾《ぎじゅく》大学の学生だ。

「ああ、けどアパートを出ることにした」

「すまん」

明人は頭を下げたが、立良は慌てた様子で首を振った。

「いや、あのせいじゃない。俺は智史さんのマンションで住むことになったんだ」

別れ話が出ていたカップルとは思えないほど先に進んでいた。固まっていたというのだろうか。

「おい、なんかいつの間にかさらに進んでいないか？」

「もう、一緒に暮らしたほうがいいってことになったんだ」

「そうだな」

「実は昨日すでに引っ越した」

「へっ……？」

「智史さんの気が変わらないうちにすませたほうがいいと思って」

もともと立良の荷物など微々たるものだが、電光石火《でんこうせっか》の早業《はやわざ》に明人は二の句がつげなかった。

「は……」

「大学やお前ンちまでちょっと遠くなるけど電車一本だ。遊びに来てくれって智史さんも言ってる」

雨降って地固まる、どころか固まりすぎているのではないだろうか。智史が覚悟を決めたようにも感じられる。

「俺、邦衛と智史さんを会わせるのはいやだな」

「まさか、もう二度とヤバイことにはならないだろう」

立良の性格か、智史の性格か、二人の心が強く結びついたのか、どれかわからないけれども、立良は智史を心から信じている。

「智史さんはそうかもしれないが、うちの邦衛のほうがヤバイ。智史さんだと気づかずに見た途端口説くかもしれない」

「いくら邦衛でもそんなこと……そんなことはしないとは思うが……邦衛だからな……」

苦しそうな立良はとうとう断定しなかった。

「そうだろ？　邦衛なんだよ。俺は時間のある限り邦衛を見張る。そっちも見張っておいてくれ」

一時も気が抜けない戦いに挑むような明人の表情は険しく、語気も荒い。共同戦線を張る立良は困惑ぎみの表情を浮かべていた。

「信用してやったらどうだ？」

「信用したいけど信用できないんだ」

明人は目の前で何を言われても表情を変えない邦衛を横目で睨《にら》んだ。邦衛は立良との会話に口を挟む気配がない。

「ん……」

邦衛に比べたら智史が途方もなく可愛《かわい》く思えた。

「智史さん、可愛いな」

「ああ」

「泣くなよ」

確証はないが、智史はドライでもクールでもなさそうだ。これからも立良は智史に振り回されるに違いない。

「そっちこそ」

バイトの時間が迫っているとかで立良が帰った後、明人は邦衛の頬の傷を指で突《つっ》きながら言った。

「俺、お前を殴り殺したくないからな」

「僕が死んだ後、誰かが君に近づくのは許せない」

「俺に殴り殺されるようなことをするんじゃないぞ」

どういうことをしたら明人の鉄拳《てっけん》が飛んでくるのか、身を以《もっ》て知ったはずなのに、邦衛の返事がない。

「邦衛、はい、と言え」

「はい」

「優しい看護師さんを見ても熱くなるなよ」

聖母マリアのごとく優しい中年看護師は明人も純粋に好きだった。邦衛の心が大きく揺れているのは確かめなくてもわかる。明人の目が光っていなければ、出会って五分で口説いていたはずだ。

「わかってる」

「渋い主治医に色気を出すなよ」

邦衛が主治医の中年男を特別気に入っていることぐらい、明人はしっかりと気づいていた。主治医のほうは若い男性患者に邪《よこしま》な想いを抱かれているなど、夢にも思っていないだろう。

「わかってる」

「お前には俺だけなんだぞ」

呪文《じゅもん》のように何度も呟いた後、邦衛の薄い唇に自分の唇を押し当てる。明人の腰に回った邦衛の手はとても優しかった。

家に戻ると、何社もの宅配便の不在伝票が何十枚も郵便受けに入っていた。送り主に覚えはないが中身はすべて酒だ。

コレクションが並んでいる和室に直行した邦衛《くにえ》は、三日ぶりに会う酒瓶に目を細めていた。

明人《あきと》は沙智子《さちこ》に電話で邦衛が無事に退院したことを報告する。さんざん詰《なじ》られた後、決めのセリフが出た。

『邦衛くんを頼んだわよ』

「わかってるよ」

電話を切った後、湯を沸かしてお茶を作った。邦衛が季節に関係なく冷たいお茶を欲しがるからだ。もちろん、お茶を淹《い》れるのも冷蔵庫で冷やすのも明人の役目である。唯一助かっているところは、邦衛がお茶の種類にこだわらないことだ。麦茶でもウーロン茶でもほうじ茶でも玄米茶《げんまいちゃ》でも、お茶ならば邦衛はなんでも飲む。安い茶葉でも高い茶葉でもどちらでもよかった。

インターホンが鳴ったので応対すると宅配業者だった。明人は顔見知りとなっている業者の青年から荷物を受け取った。

「邦衛、酒がまた来たぞ」

和室に運ぶと、嬉《うれ》しそうな邦衛がいる。ゴリラやゾウのぬいぐるみと見つめ合っているより、遥《はる》かに酒瓶のほうがマシだった。

「邦衛、学校に行くか?」

今からならば昼からの講義に充分間に合う。

「ん……」

「テスト前だし、行っておいたほうがいいぞ」

「ああ」

明人はコンビニで買った調理パンを食べてから大学に行った。邦衛は言わずもがなチーズかまぼこである。

教室には前回の講義の内容を記したノートに目を通している立良《たつよし》がいた。

小声の立良に邦衛は頷《うなず》くだけで応《こた》えた。

「退院おめでとう」

教室にいる他の生徒たちには邦衛が入院していたことは知らせない。立良のアパートに住んでいる学生たちの口からも伝わっていないようだ。土曜日の夕暮れ時だったので外出している学生が多かったのも幸いしただろう。

「立良、眠くないのか?」

これまで夜のお勤めで寝不足の立良は教室に辿《たど》りつくなり寝ていたというのに、本日は溌剌《はつらつ》としている。

「ああ」

「一緒に暮らしてるんだろ?」

立良は智史《ともふみ》のマンションで甘い再スタートを切っているはずだ。智史に精力を搾り取られていると踏んでいたのに元気なので、明人は純粋に驚いた。

「ああ」

「どうして起きてるんだ?」

明人の言おうとしている意図に気づいた立良は、苦虫を嚙《か》み潰《つぶ》したような顔をした。

「あのな」

「昨日は眠らせてもらえたのか」

「一昨日《おととい》も熟睡した」

立良の口ぶりからただならぬ気配を感じた明人は突き詰めてしまった。

「一緒に住みだしてからヤったか?」

立良は憮然《ぶぜん》とした表情であっさりと答えた。

「お前が邦衛を殴り飛ばした日からヤってない」

驚愕《きょうがく》のあまり、明人は椅子《いす》からずり落ちそうになってしまった。

「どうして?」

「あの人が逃げるんだよ」

実際その目で現場を確かめたわけではないが、下半身関係は智史のほうが積極的で立良は羨《うらや》ましい悲鳴を上げていた。その智史がいまさらどうして立良から逃げるのか、明人はポカンと口を開けてしまう。

「え……？」

「最初はわからなかったが、今は完全に避けてる。上手《うま》くはぐらかされるんだ」

立良自身、豹変《ひょうへん》した恋人に思い切り戸惑っている。

「いったい？」

智史が立良をいやがっていたならば同居したりしないはずだ。単なる気まぐれとも思えない。立良を自分の意のままに振り回して楽しんでいる男でもないと思う。明人は呆然《ぼうぜん》とするしかなかった。

「俺が聞きたい」

「俺に聞いても無駄だぞ」

「わかってる」

どんなに明人と立良が悩んでも智史の心情は摑《つか》めないだろう。明人は話題をガラリと変えた。いるはずの男の顔が見えない。

「雅紀《まさき》は？」

明人の質問を聞いた途端、立良は苦笑を漏らした。

「あいつは弾《はじ》け飛《と》んでいる」

「ん？」

「雅紀は毎日合コンだ。今日は自主休講で女の子と映画、夜からは合コン」

雅紀は果歩《かほ》と別れた夜はオールナイトで飲み明かした。以来、毎晩合コンに参加して羽を伸ばし、仲のいい女友達とカラオケやボウリングにも興じているらしい。果歩との日々の反動以外の何物でもない。

「……は」

「学校にも来ないで何かに取《と》り憑《つ》かれたように遊び回っている」

今から冬休みの計画に余念がないとも立良は笑っていた。長期休暇前のテストすら始まってもいないというのに。

「よっぽどだったんだろうな」

果歩の束縛に対する鬱憤《うつぷん》へのコメントしか明人には出なかった。渋面《じゅうめん》の立良も何度も頷いている。

「冬休み、スキーに誘われた。どうする？」

「ん……あ、来たぜ」

なんら記憶に残らない講義が始まり、時間きっちりに終わった。

校門を出て少し歩いたところで、最寄りの駅に向かう立良と別れる。

智史と住む部屋に帰る立良の背中はとても急いでいるように見えた。明人の気のせいではない。

「明人、酒蔵に行きたい」

邦衛が酒瓶と関係している場所に行きたがることは、明人もある程度は予想していた。

「どこの酒蔵？」

「新潟《にいがた》」

立良の故郷は決して近いとは言えない。

「もうちょっと近いところ」

「九州《きゅうしゅう》」

さらに遠い土地を挙げられた明人は目を吊《つ》り上《あ》げた。

「もっと遠いじゃねぇか」

「広島《ひろしま》」

著名な酒蔵がある土地をきっちりと挙げる邦衛に、明人はこめかみを押さえながら言った。

「関東圏にしてくれ」

「兵庫《ひょうご》の灘《なだ》」

邦衛は兵庫県が関東圏にあるのだと思っているわけではない。自分が行きたい酒蔵がある土地名を羅列しているだけだ。それは明人もよくわかっていた。

「だから、関東圏だ。兵庫は関西だろう」

「酒樽《さかだる》が欲しい」

邦衛は自分の欲望を順に述べている。

「はぁ？」

「酒樽」

「あぁ、酒樽な、酒樽、酒蔵が欲しいなんて言うなよ」

何かもうコメントすらしたくなくなって邦衛から視線を逸《そ》らした時、電信柱の陰から見覚えのある男子学生が現れた。果歩を雅紀から奪ったことになっている拓也《たくや》だ。見るからに意志の強そうな拓也は、近寄りがたいムードを漂わせている邦衛に、いっさい怯《ひる》むことなく言った。

「失礼します、室生《むろお》さん、ちょっとお話がしたいんです。少しだけつき合ってもらえませんか」

いったい拓也が邦衛になんの用か、果歩関係で話があるのだろうか、それ以外には考えられない。

どうするか、と明人が迷う前に邦衛があっさりと答えた。

「ここで話せ」

邦衛は話をしたいという後輩の話を無視しなかった。が、どこにもつき合う気はないらしい。

「二人っきりで話がしたいんです。手間は取らせません。お願いします」

二人だけで何を話し合うというのか、明人の不安は募った。

「三分以内で終わらせろ」

「せめて五分くれませんか」

拓也は右の五本の指で五分を示しながら、淡々としている邦衛に食い下がった。

「三分」

「せめて四分」

拓也の右の指が四本になり、四分を提示した。

「三分あればカップラーメンができる」

良家の子息から突然飛びでた庶民の味方である食品名に、拓也は動じなかった。

「三分でできないカップラーメンもあります。カイトーのタンタンラーメンや丸山屋《まるやまや》の豚《とん》骨嵐《こつあらし》ラーメンは五分です」

「三分だ」

根負けしたのか、拓也は頷《うなず》いた。

「わかりました」

「明人、見えるところにいろ」

恒例となっている邦衛の独占欲が発揮されて、明人は苦笑を漏らした。

「ああ」

拓也に先導されて邦衛は大学の通りから外れていく。女性好みのオープンカフェがある方向に進んでいる。二人の少し後を明人も歩いた。

「明人さん」

聞き覚えのある声に呼ばれて振り返ろうとした瞬間、背後から腕を摑まれたと思うと、そのまま横にあった細い路地に連れ込まれる。

「清隆《きよたか》くん？」

チャコールグレーのジャケットを着た清隆が息を切らしていた。やはり、邦衛とよく似ている。

「明人さんと二人で話がしたかったんです。いつも明人さんの横には邦衛さんがいるから近づけない」

神妙な顔つきの清隆と、何かを背負っていたかのごとく邦衛に立ち向かっていた拓也を脳裏に浮かべて、今回の裏に気づいた。拓也はセット商品のようにいつも一緒にいる明人と邦衛を引き離す係だったのだ。

「もしかして、拓也くんに頼んだのか？」

「そうです」

ペコリと頭を下げた清隆に、明人は口の端だけで笑った。

「なんだよ、改まって。話ならいつでも聞くのに」

「邦衛さんがいないところで話したかったんです」

言い終わった後は吹っ切れたのか、清隆は明人を真正面から見つめる。清隆はここにはいない邦衛に挑むような目をしていた。

「……ん？」

「わかりませんか？」

見ているほうが戸惑うくらい真摯《しんし》な目で貫かれた明人に、ある予感が走った。だが、怖くて言いだせない。言いだしたくないとも思う。

「俺、邦衛さんよりまともな男だと思います。俺にしませんか？」

邦衛よりひどい男はそうそうおるまい、と明人は思ってしまうが口にはしない。何より、清隆の自分に対する想いに驚愕《きようがく》した。

「ホモ？」

「ホモじゃないと思うんですが、明人さんが好きだからホモかもしれません」

清隆の感情は誰よりも明人が理解できる。

「ん……」

「もともと忘れられない人だったんですけど、動物園で明人さんと会った時から俺は明人さんのことしか考えられないんです」

照れているのか、清隆の顔は真っ赤だった。明人はそんな清隆が可愛《かわい》く思えてしまうが、流されている場合ではない。きっぱりとした口調で清隆の告白をはねつけた。

「一時の気の病」

「俺と初めて会った時のこと、覚えていますか？」

「邦衛のところの花見だ」

邦衛とそっくりの男の子がいた記憶は今でも霞《かす》んでいない。一つ下の清隆は素直でとても可愛かった。

「そうです。俺は明人さんと遊びたくて仕方がなかった」

清隆は切なそうな目で花見の日のことを話しだした。

自分の室生家での立場などわからなかった幼い清隆は母親のそばを離れて、大きな池を覗《のぞ》き込《こ》んでいる明人の前に立った。

『遊ぼ』

『いいよ。見ろよ、魚だ』

明人は近寄ってきた子供を払いのけるような性格はしていない。邦衛も異母兄弟を無邪気な笑顔で受け入れた。

『あっちの魚大きい。あ、こっちのほうが大きいかも』

初めのうち、明人はおとなしく池に泳いでいる錦鯉《にしきごい》を眺めていた。三分ほどで靴を脱ぎ、池に飛び込むポーズを取った。

『明人くん、危ないよ』

大きな池に飛び込もうとする明人を邦衛が止めた。日頃、母親や使用人から危険性を教え込まれているからだ。

『危なくない』

『危ない』

『煩《うるさ》いことばかり言うなら、愛人になってやらねぇ』

『約束したのに』

明人は邦衛にあっかんべーをした後、清隆に視線を向けた。

『おっきい魚、捕《と》ってやるからな』

『危ないよ』

つい先ほど、清隆は母親から注意を受けたばかりだ。

『弱虫』

『ママが危ないって言ってたんだもん』

明人は清隆にもあっかんべーをした後、池に飛び込もうとした。が、邦衛に腕を摑まれる。

『放せよ』

『明人くん一人じゃ駄目。邦衛くんと一緒ならいいよ』

『一緒?』

『うん』

明人と邦衛は手を繋《つな》いだまま大きな池に飛び込んだ。そして、花見の宴《うたげ》は悲鳴で幕を閉じた。

不幸中の幸いは、明人は大怪我《おおけが》をしたが、邦衛は傷一つなかったことだ。

あんたは本当に腕白だった、乱暴だった、凶暴だった、とじゃじゃ馬で有名だった沙智子に今でも詰《なじ》られている。

清隆の昔話で腕白坊主だった過去を思い出した明人は頭を掻《か》いた。

「俺、あの時、どうして明人さんと手を繋いで池に飛び込まなかったのか、何度も後悔しました。後悔したせいではっきりと覚えているんです」

「いや、お前は賢明だ。俺も馬鹿《ばか》だったが、一緒に飛び込んだ邦衛も馬鹿だ」

一人で飛び込んでいたならば、あそこまでひどい怪我はしなかっただろう。明人はバランスが取れなかったのだ。

「でも、そういう邦衛さんだから、明人さんは好きになったんでしょう」

思ってもみなかったことを言われて、明人は言葉に詰まってしまった。

邦衛は明人と離れたくなくて池に飛び込んだらしい、とはあとで沙智子から聞いたが、本当のところはよくわからない。もしかしたら、邦衛も深く考えずに、危ないとさんざん注意されている池に飛び込んだのかもしれない。

「もう、俺はあんな後悔はしたくありません。何かあったら明人さんと俺も一緒に飛び込む。お願いです、俺とのこと、考えてくれませんか？」

清隆はどうして自分のことが好きなのか、どこが好きなのか、見当もつかないが、聞くつもりはない。自分には邦衛しか考えられないからだ。

明人は潔《いさぎよ》いほどきっぱりとした口調で謝った。

「ごめん」

「俺が言うのもなんですが、オヤジにそっくりの邦衛さんじゃ、明人さんは泣くだけだと思います。俺にしませんか？」

清衛に誰よりも似ている邦衛なので、これからもまた何かあるだろう。邦衛に恋をしている限り安穏《あんのん》な日々はない。その覚悟はできている。

「悪い」

「オヤジには俺のオフクロも泣かされたんですよ。病気だって諦《あきら》めたそうですけどね。あの病気は治りません。邦衛さんも同じ病気でしょう」

泣きだしそうな清隆に明人は戸惑うが、気持ちは揺らがない。

「ん……」

「邦衛さんの噂《うわさ》はいろいろと聞いています。果歩さんから邦衛さんのことは聞きました」

果歩の口から語られる邦衛は人に非《あら》ずの凶悪犯だ。

「そうか」

「ま、俺はあんまり果歩さん好きじゃないんですが」

果歩の正体に気づいているのか、清隆は友人の彼女に嫌悪感《けんおかん》を抱いていることを隠そうともしない。

「へぇ……」

「俺は明人さんを泣かせたりしない、明人さん一人だけ、大切にします。俺にしてください」

容姿は邦衛とよく似ているが、中身はまったく違う。間違いなく、清隆の手を取ったほうが明人は幸せだろう。理不尽な怒りに燃え上がることはないはずだ。将来、殺人者になる危険性も少ない。

「俺、完璧《かんぺき》なホモってわけじゃないみたいなんだ」

「はい？」

「邦衛は好きなんだけど、ほかの男は駄目だ」

「俺と一緒です。俺も明人さんが好きなんだけどほかの男は駄目なんですから」

「俺、お前は駄目だ」

「邦衛さんと顔は同じですよ」

邦衛の怜悧《れいり》な美貌《びぼう》に釘付《くぎづ》けになったことはあるが、顔はあまり関係ない。邦衛というどうしようもない男が愛《いと》しいのだ。

「顔が同じでも邦衛じゃないからさ」

「俺にしましょう。邦衛さんじゃ泣くだけです。まさか、邦衛さんが明人さん一人で満足するなんて思ってないでしょうね？」

色恋において、邦衛は信じたいが信じられない男だ。絶対に信じてはいけないとも思っている。信じていなければ何かあった時に苦しまなくてもいいからだ。

「俺の目が光っていないと、邦衛は誰を口説き落とすかわからない。もしかしたら、今頃拓也くんを口説いているかも」

華奢《きやしゃ》な美少年から渋い中年男まで、邦衛の守備範囲は気が遠くなるほど広い。何かの拍子に拓也を気に入り、その場で口説いている可能性がないとは口が裂けても言えない。

「まさか……」

「あいつの女癖の悪さは天下一品、いや、男癖っていうのか、とりあえず、半端《はんぱ》じゃないほどひどいから」

「そんなひどい男をなぜ？」

自分でもどうして邦衛が愛しいのかわからない。わからないが、どうにもできないほど愛しいことだけは確かだ。邦衛も邦衛なりに全身全霊かけて愛してくれてはいる。彼ほど一途に自分を欲してくれる者はいないだろう。とりあえず、明人は邦衛以外は考えられない。

「さぁ……」

「ひどい男のほうが好きなんですか？」

「まさか」

明人が顔を引《ひ》き攣《つ》らせた時、清隆の背後にポーカーフェイスの邦衛が現れた。

ボカッ、という凄《すさ》まじい音とともに清隆が蹲《うずくま》る。さらに邦衛は無表情のまま清隆を蹴《け》り飛《と》ばした。

邦衛は良家の子息だけあって滅多なことでは暴力を振るわないが、キレたら誰よりも激しい。いつも原因は決まっている。

「邦衛、やめろっ」

明人は邦衛の身体《からだ》にしがみついた。

「ちょっと目を離したら僕以外の男と……」

「何もない、何もなかったから」

明人は焦《あせ》りながら邦衛の腕を引いて、清隆が蹲っている細い路地から出た。ちょうど、拓也がこちらに向かって早足でやってくる。

「拓也くん、清隆くんはあっちにいるから」

拓也はペコリと頭を下げると走りだした。

「あいつ、わけのわからないことばかり言い続けた」

明人は邦衛の腕を放さずに、足早に清隆から遠く離れ続けた。茜色《あかねいろ》に染まった街を一心不乱に歩く。

「そうか」

「明人、清隆に近づくなと言っただろう」

清隆に近づこうとして近づいたのではない。今回は不意打ちに近かった。拓也と清隆に一本取られた。

「ちょっと話をしただけだ」

「ちょっとじゃない。僕は君を捜し回ったんだぞ」

邦衛は三分間しか拓也のために時間を割かなかったようだ。拓也にしてみればできるだけ長く邦衛を拘束しておきたかったに違いない。

「ちょっとだ」

「あいつに何をされた?」

「何もされてない」

「あいつ、君のことが好きだ。何かされただろう」

清隆の気持ちに気づいているようだが、会話の内容は邦衛の耳に届いていなかったようだ。明人はほっと胸を撫《な》で下《お》ろした。

「何もなかった」

「嘘《うそ》だ」

ポーカーフェイスがトレードマークの男の顔が夜叉《やしゃ》のようになっていた。身に纏《まと》っているオーラも尋常ではない。

清隆と邦衛は血が半分なりとも繋がっているだけあって、どこかで通じ合っているのかもしれないと明人は思った。下手なことは言わないほうがいいとの判断を下す。

「告白されたけどフった。それだけだ」

明人が言い終えた瞬間、邦衛の鋭かった目がさらに鋭くなった。予想していただろうに、明人の口から実際に聞くと怒りが燃え上がるらしい。

「告白なんかされたのか？　どうしてそんなことさせたんだ？　どうして僕のそばにいないんだ？　僕の目の届くところにいろと言っただろう」

邦衛は自分のことは思い切り棚に上げている。

「お前、どうして智史さんを見た途端、口説いたんだ？　俺がいるのに」

好き勝手なことばかり言わせない、と明人は目を吊り上げながら邦衛を詰った。

「それとこれとは話が別だ」

「ああ、俺は悪くない。ただ口説かれただけだ。お前は口説いたほうだからとっても悪い」

「僕はいいんだ。何をしても誰より君が好きなんだから」

明人は痛くなってきた頭を押さえながら言った。

「空《むな》しいからやめよう」

「二度と僕の目の届かないところには行かせない」

明人としては望むところだった。邦衛がいつも視界にいたならば、ほかの誰かを口説かせたりしない。腕力に訴えても止めてみせる。幼い頃、闘犬のような沙智子に『凶暴』と罵《のの》られたのは伊達《だて》ではない。

「それはこっちのセリフだ、病気持ち」

二人は往来で睨《にら》みあった。

だが、明人は邦衛を見つめているうちに愛《いと》しさが込み上げてきて、抱きつきたくなってしまう。唇も合わせたいし、服も脱がせたい。一刻も早く二人きりになりたかった。

「邦衛、早く帰ろう」

「ああ」

邦衛も明人と同じ気持ちのようだ。

いつまでもどこまでも二人で進みたい、明人はそう願ってやまなかった。いや、そうするつもりだ。

永遠の絆《きずな》はあるものだと信じたい。

あとがき

講談社X文庫様では五度目ざます。くしゃみをしただけでも痛い万年強度腰痛と肩こり及び小声でも明かせない体脂肪率《たいしぼうりつ》のために、家庭用ゲルマニウム温浴器をローンで購入したものの、結果が出ない樹生《きふ》かなめざます。

規則正しい生活とバランスの取れた食事を命がけで実施した時期がございましたが、腰痛だけはどうにもなりませんでした。腰痛、半端《はんぱ》じゃありません。

健康的な生活を送っている時期に執筆業は無理でした。ええ、健康を一番目に持ってきたら、樹生かなめの場合は作品が仕上がりません。仕事を一番に持ってこないと本が出ないんです。この不景気の中、一番目に仕事が選べることを感謝しています。

エステでもマッサージ屋さんでもカイロプラクティックでも『腰痛のためにもちょっとは運動を』と、樹生かなめは言われています。

近所にスポーツジムがあれば入会していましたが、樹生かなめが住んでいるところは東京とは名ばかりの場所で、近所にコンビニもなければスーパーマーケットも銀行も郵便局もございません。というわけで、東京のチベットにはスポーツジムなんてございません。

その代わりといってはなんですが、徒歩三十分以内の場所には相撲部屋《すもうべや》がございます。「運動不足解消のために入れてください」や「腰痛のためにちょっと運動をしたいんです」なんて、口が裂けても申せません。たまに、自転車に乗っているお相撲さんを見かけます。相撲部屋に入門して、相撲部屋物語を執筆したくなります。

徒歩三十分以内の場所にスポーツジムはございませんが、空手の道場がございます。もちろん「頼も〜ぅ、ちょっと運動を〜っ」などという雰囲気ではございません。

整骨院の先生が「剣道をやるか?」と申されました。なんでも、近所の小学校で剣道を教えているそうです。「剣道、腰痛にいいんですか?」という樹生かなめのツッコミに、整体の先生は笑いました。剣道は腰痛を悪化させることはあっても、よくはなりません。

徒歩三十分以内の場所に相撲部屋に空手道場、剣道も習えるというのに、どうしてスポーツジムがないんでしょう。

バスに乗らないと行けないスポーツジムに入会しましたが、案の定、通うことができず、月会費だけ払い続けています。

実家には徒歩十分以内に、スポーツジムもエステも銀行も郵便局も整体もマッサージ屋さんもスーパーマーケットも美味《おい》しいパン屋さんもございました。帰郷する時に「田舎に帰るのね」と言われたら、樹生かなめはブチ切れます。「田舎に帰るんじゃない、都会に帰るんだ」と。

こんな田舎なのに、酒屋さんだけはちゃんとございます。酒を飲んだら仕事どころじゃないので、家では酒を飲みません。外でお酒を飲むこともめっきり減りました。飲んだら必ず脱ぐというＤｒ．や手当たり次第キスをしまくるキス魔の先輩、べろんべろんに酔っ払う友人や踊りだす友人、今となっては懐《なつ》かしいです。

樹生かなめが初めてお酒を飲んだのは大学○年生の夏、友人の家にみんなで泊まった時のことです。友人が持ち込んだ『ボ○トンクラブ』というお酒をコーラで割って飲みました。お酒って美味しい〜っ、とがばがば飲み続けたものの、最後はげぇげぇと吐いていました。真面目《まじめ》な優等生だとばかり思っていた友人の「吐くとすっきりするでしょう」という言葉が今でも耳に残っています（笑）。二日酔いはなく、翌日は爽快《そうかい》でした。

というわけでございます。

奈良千春《ならちはる》様、素敵なイラストをありがとうございました。深く感謝します。

担当様、いろいろとありがとうございました。深く感謝します。

読んでくださった方、ありがとうございました。

再会できますように。

酒も飲んでいないのに酔っ払っている夜　樹生かなめ

樹生かなめ先生の『愛されたがる男』、いかがでしたか？
樹生かなめ先生、イラストの奈良千春先生への、みなさんのお便りをお待ちしております。
樹生かなめ先生へのファンレターのあて先
〒112-8001　東京都文京区音羽2-12-21　講談社　文芸図書第三出版部「樹生かなめ先生」係
奈良千春先生へのファンレターのあて先
〒112-8001　東京都文京区音羽2-12-21　講談社　文芸図書第三出版部「奈良千春先生」係

N.D.C.913　250p　15cm

樹生かなめ（きふ・かなめ）
講談社X文庫
血液型は菱型。星座はオリオン座。
自分でもどうしてこんなに迷うのかわからない、方向音痴ざます。自分でもどうしてこんなに壊すのかわからない、機械音痴ざます。自分でもどうしてこんなに音感がないのかわからない、音痴ざます。自慢にもなりませんが、ほかにもいろいろとございます。でも、しぶとく生きています。
樹生かなめオフィシャルサイト・ROSE13
http://homepage3.nifty.com/kaname_kifu/

white heart

愛《あい》されたがる男《おとこ》

樹生《きふ》かなめ

●

2006年1月5日　第1刷発行
2011年10月11日　第2刷発行
定価はカバーに表示してあります。

発行者――鈴木　哲
発行所――株式会社　講談社
東京都文京区音羽2-12-21　〒112-8001
電話　編集部　03-5395-3507
販売部　03-5395-5817
業務部　03-5395-3615
本文印刷―豊国印刷株式会社
製本――株式会社千曲堂
カバー印刷―半七写真印刷工業株式会社
本文データ制作―講談社デジタル製作部
デザイン―山口　馨

ISBN4-06-255838-6

未来のホワイトハートを創る原稿
大募集！
ホワイトハート新人賞
ホワイトハート新人賞は、プロデビューへの登竜門。既成の枠にとらわれない、あたらしい小説を求めています。ファンタジー、ミステリー、恋愛、SF、コメディなど、どんなジャンルでも大歓迎。あなたの才能を思うぞんぶん発揮してください！
詳しくは講談社BOOK倶楽部「ホワイトハート」サイト内、または、新刊の巻末をご覧ください！
http://shop.kodansha.jp/bc/books/x-bunko/
背景は2008年度新人賞受賞作のカバーイラストです。
真名月由美／著　宮川由地／絵『電脳幽戯』
琉架／著　田村美咲／絵『白銀の民』
ほぺち／著　Laruha（ラルハ）／絵『カンダタ』